当代作家精品/散文卷 主编 侯门

松风落笔 岁月生香

吕林熹 著

民主与建设出版社

·北京·

图书在版编目 (CIP) 数据

松风落笔 岁月生香 / 吕林熹著 . —北京：民主与
建设出版社，2021.5

ISBN 978-7-5139-3496-1

Ⅰ.①松… Ⅱ.①吕… Ⅲ.①散文集—中国—当代
Ⅳ.① I267

中国版本图书馆 CIP 数据核字（2021）第 077293 号

松风落笔 岁月生香
SONGFENG LUOBI SUIYUE SHENGXIANG

著　　者	吕林熹
责任编辑	周佩芳
封面设计	陈　姝
出版发行	民主与建设出版社有限责任公司
电　　话	（010）59417747　59419778
社　　址	北京市海淀区西三环中路 10 号望海楼 E 座 7 层
邮　　编	100142
印　　刷	三河市长城印刷有限公司
版　　次	2021 年 7 月第 1 版
印　　次	2021 年 7 月第 1 次印刷
开　　本	710 毫米 ×1000 毫米　　1/16
印　　张	15.5
字　　数	210 千字
书　　号	ISBN 978-7-5139-3496-1
定　　价	59.80 元

注：如有印、装质量问题，请与出版社联系。

目 录

第三辑　写一行春风送给你

第五辑　将光阴走到柔软

第一辑　活在光阴的诗集里

心素如简，寂静清欢

素。

喜欢这个字，是在一张纯白的宣纸上任意涂抹心事；是一池秋水自在地泛起涟漪；是一朵睡莲独享满塘的月色；是一枝瘦梅飘落在踏雪无痕的夜里。

但我最喜欢的，是古时女子传情的信笺，一方素帛不提一字，却已是梅开雪生香，山空云影动，装满了任君无限遐想的情意。

如果说每个人都有一种颜色，那么有的人属红色，爱得热烈恨得决绝，喜欢轰轰烈烈，山雨欲来风满楼，气贯长虹；有的人属绿色，永远有春天的明媚，夏天的馥郁，柔风拂柳堤，摇曳满河床的清秀。我该属于素色，是一池秋水映一剪素月，是一缕熹光蜿蜒在稀疏的竹林，是空山松子落，也是风吹一粒花籽落入泥土的声音。

四季里，冬天是素色的。

走过了雀跃的春，奔腾的夏，沉重的秋，雪落时分，风烟俱净。所有繁华皆成过往，所有喧嚣归于岑寂。一片悄悄来的雪花，是岁月里一枚扣子，将波澜缝进不惊，将涟漪封存湖底，将光阴里的故事都上了锁，雪化了，钥匙便丢了。

它们像一袭安睡的棉被，盖满人间。像蛋糕店里的模具，把奔波的灵魂压成一个形状。此时万籁俱寂，万物没有分别，雪地里所有人的脚步都是一种声音"嚓……嚓……嚓……"不分贫贱富贵。

一片苍茫里，只有几缕袅袅炊烟，只看得到风卷起一粒粒雪，蜿蜒着青烟。只听得见云的脚步声，梅花开出一捧柔软的香，还有一兜清朗月色洒落满地的声音。

喜欢清晨，是一抹素色。

像一个熟睡的婴儿，呼吸均匀，睫毛安然妥帖地覆着双眸，未褪尽的月色轻抚着婴儿脸颊上浅浅的绒毛。一呼一吸间，种出一缕熹光。

帘外的远山氤氲着薄雾，似婴儿脸上浅黛的眉，雾气萦绕时，眉间开出一朵莲花。指尖拂过婴儿软软的发，像一丛新发芽的小草，像晨间一朵绵绵的云。

看见大地打个哈欠，篱笆上的牵牛花开了，柳枝摇曳伸着懒腰，露水刚刚醒，水草正梳妆。

我有一个素净的院子，繁花开满园，南至空山梵呗静，北至水月影俱沉。我在路旁种一颗老灵魂，素色的老灵魂。看着路上奔波的身影，来来往往，无休无止，他们虚弱的身体气喘吁吁地拖拽着疲惫的灵魂。

我要开成一朵罂粟花，让他们因惊艳而停下脚步，等等自己的灵魂。我要携一柄拂尘，掸去他们的尘满面，鬓如霜。

我要为他们熏一炷檀香，染一缕静气，种一树菩提，悄悄往他们紧绷的口袋里投一粒种子，只要一停下，便开出一朵花来。

我如果爱你，会写上一封信笺寄予你。信上不写一个字，甚至也没有我的名字。如果爱能说出原因，怕是玷污了爱的名义。

你如果恰巧爱我，相信你会读懂这封信，就像不知何时何地，我们惊鸿相遇，便住进彼此心里。

爱是一封素简，一纸纯白，要两个人一起，在流水湍然的岁月里，眼波流转，涂抹四季。

素也是人生里的一门学问，教我们在烟火绚烂的人间，留一片空白。一半肆意泅染，一半静待花开；一半听雨赏荷，一半雨落涟漪；一半默然相爱，一半寂静欢喜。

将一捧素净的欢愉，缝进贴身的行囊。

如此，竹杖芒鞋穿行于馊粽子一般的市井，依然"雨疏香气微微透"，任门外风过人海，心里仍是"风定素花静静开"。

"念"，是一个温暖的茧

"念"，这个字忽地出现，内心一下子柔软起来。它像一个旧信封，刚刚轻启朱唇要读出来，往事便从信封里哗啦哗啦抖落一地。如果说回忆是一封来不及投递的信，那么"念"便是一个邮差，准确地知晓它的地址。

光阴流转，岁月迢迢，人生是一条没有回头路的长巷，因为有了一个"念"字，走过的路上哪怕堆满积雪，也有另一颗心途经过的温度。身后的一串串脚印，都是在写一封信，装进时光的信封，等着来日的一个"念"字来投递，重温所有的暖。

曾经看到过一句话"我怀念的不是下雨天，而是和你躲过雨的屋檐"，眼睛停下来，久久看着这句话，原本的一潭秋水湖心，忽地投入一个叫作"念"的石子，顿时泛起一圈圈涟漪，向回忆的尽头蔓延而去……

多美好的画面，两个人撑着一件薄衣，踮着脚尖奔跑在雨里，一边奔跑，一边打情骂俏地嬉闹着，溅出一地水泡，像两个人的笑声化作一个个音符落在雨里。

雨点敲在两个人撑在衣外的臂膊，凉凉润润，像在写一封山温水软的情书。两个人四目相对时，只一个眼神，便不约而同地奔至一处屋檐下躲雨。

檐下的一帘雨，将他们与万丈红尘阻隔开来，此刻仿佛全世界只有他们两个人，热烈的情感比帘外的暴雨更浓烈，雨珠从少女浓密的发间流下，少年温热的手掌为她轻轻抚去。

看着眼前出水芙蓉一般曼妙的女子，他深深地拥她入怀，她娇羞地依偎在他宽厚的胸膛，时间将他们定格成唯美的画面。彼时她以为一生得此良人，便无惧光阴流转，逝水流年。

怎奈时光素来无情，当雨停下来，两个人的美好如雨气一般，随着阳光洒下斑驳的光影渐渐风干。

往后余生，那个一起躲过雨的屋檐，便像一枚在人生的信封上深刻的邮戳，涂抹不去。两个人在各自的旅途中，依靠着抚摸这枚渐渐泛黄的印迹，捡拾一些回忆缱绻度日。

而我的"念"，像一袭心爱的旧旗袍，虽然穿着不再合身，但舍不得丢弃。平素的日子里，要常常翻找出来，指尖一寸一寸地去抚摸，从一条条丝线的纹路里，将往事的余温捻入手心。

如此，好像你的手温还在，温润如初。好像你在我耳边的呢喃还在，从旗袍的衣角钻出来，跳进我耳朵里。

顿时，心里像长出草芽，像小溪跳鹿，生出欢喜。恍若看到白云抱溪石，月色拂花影，你衣襟别着花，踏着片片花瓣向我走来。

我念这世间最美的字，便是你的名字。念起你，当我坐在黄昏的街角，看晚霞是你；当我行走在田间阡陌，听虫鸣鸟吟是你；当我奔跑在雨里，一滴滴雨席卷着你，奔跑在我湿润的思绪里；当我翻开一阕词，最伤感的抒情部分是你；当我仰躺在竹林间，光影婆娑在我身上，像在回忆里一寸寸搜寻着你的影子，片片光影里，全是你。

"念"，像喧嚣的尘世中一个温暖的茧，让我有美好可温存，有岁月可生香。倦了，累了，我一头扎进这个茧里，便听到"啪嗒"一声响，关上一扇铺满尘埃的门。在这个茧里，我可以细数光阴，与美好相见，静听一朵花开的声音。

人生因静而从容，岁月因静而美好

"静"，只这一个字，便如见初春山野里的一株草芽，在静静地沐浴阳光，吸吮雨露，柔风拂面，它悠然生长。又如飞瀑溅玉，扑面而来的是一种清凉之感，恍若在燥热的盛夏，一下子坐到松风微雨的林间，身旁鸟鸣如流水，清风修篁笆，现世安稳，岁月静好。

只一个"静"字，筑起一堵高墙，墙外是喧嚣人海，墙内是静待花开。

总觉得最美的女子要数《诗经》里的"静女其姝"，四个字，把一位贞静娴雅的窈窕淑女形容得活灵活现。她宛如一株春天的白玉兰豆蔻梢头，安然自处，与世无争。她冰肌玉骨，眉如远山，柳眼梅腮如暖雨和风，犹抱琵琶半遮面，"最是那一低头的温柔，恰似水莲花不胜凉风的娇羞"，令见者无不心动。

最动人的花有一种静美，"雨疏香气微微透，风定素花静静开"，绵绵细雨里氤氲着香气，风初定，一朵淡雅的花在雨露中静静地绽放开来。不妖娆，不争妍，但就是有一种神奇的魔力，你看着它，心就静了下来，魂儿就被它勾了去。

你能看到它将花瓣渐渐地舒展开来，像一个睡美人，睡眼惺忪伸个懒腰，一身慵懒气息分外迷人。你紧锁的眉心也随着它不自觉地舒展，内心堆积的心事如蜷缩的苔藓渐次剥落，化成一根羽毛，轻盈起舞。花蕊轻轻随风颤动，像一群小精灵，含珠带露，暗吐芬芳。你会忍不住嘴角上扬，轻轻地闭上双眼，打开心中的锁，留住一抹香气，撒上一把花籽，只等着春天一来，心里百花齐放。

有人说，理想的住所该是"渔舟唱晚，烟雨沉轩"。八个字，形容得莫不过一个"静"字，你看着这八个字时，身边会萦绕一缕远离尘世纷繁的静气。仿佛在傍晚时分，看到"一道残阳铺水中，半江瑟瑟半江红"的江中，有纷纷归来的渔舟，它们踏着彩霞，卷着黄昏，满载而归，船上渔歌四起。

待渔夫们登上各家的木楼，已日沉西山。此刻风声岑寂，倦鸟归巢，薄雾渐起，烟雨迷离。云雾萦绕在阁楼边，恍若人间仙境。

楼中的渔娘正为远航归来的渔夫烹水煮茶，恍然间闻到有缕缕茶香从木窗里袅袅飘来……

"静"，亦是一种处世的境界。软红香土，烟火繁华随着光阴流转，渐次从生活中退场，已看过碌碌红尘里的万马奔腾，心中更欢喜的是静听风起，静看花落的淡然。浮华世事如过眼云烟，风生水起之后的风烟俱净更令人陶醉。

正如《菜根谭》里有句："宠辱不惊，看庭前花开花落；去留无意，望天外云卷云舒"。人生本是一场修行，修得一个"静"字，便修得一身清朗皓月的旷达，修得碗茗炉烟，松风停云的脱俗和洒然。

想起清代余怀的一句"静对佛灯闲太史，浪呼云气老狂生"，其中风雅，实在令人向往。仿佛看到两个活得没有年龄的人，依然云气在胸，静对佛灯，自在闲谈，兴起之处，浪呼一声。

想必也只有内心静到极致的两个人，一对老狂生，才能如此内心波澜不起，畅快谈笑风生。

种光阴

我想活成没有朝代的人，忘记年龄，没有名字，像一株荒野里的小草，在无所谓时光游走的季节里，肆意疯长，沐风醉雨，吮露凝霜。

当你迎着初晨雾霭途经我窗前的小径，我踩着露水去把你追寻。晨露被我慌乱的脚步溅落在泥土里，回望时已凝刻成一句句念你的诗行。

一行诗上，你款款走来，我翩翩而去，我们就这样于一行诗上相遇。

我想在这行诗句两端画上句号，你来了，就再也无法走出去，这样我们便只有相聚没有分离。在这行诗句上编一条竹篱笆，种上满篱笆的蔷薇，盛夏风过，花开荼蘼。像我们两双灼热的眼，要把彼此的来世望穿。

我想在窗前那本被风翻开的宋词里，种上如水的月光，我们恰巧是摊开的那两页书卷，就这样，我们俩相依相伴共浴着白月光。一字一句地读过，好像在清点彼此前世的行囊。

是的，前世已注定，我们要在一本书里，一首宋词里重逢，来还前世的宿缘。

从此，你是上阕吟风钓月、飞瀑溅玉的景致，我是下阕百转柔肠、万马奔腾的抒情。你离不开我，像农家不能没有炊烟；我亦离不开你，像房子不能没有屋檐。

我想在岁月的河塘里种一池涟漪，你恰巧是池底最柔软的淤泥，我是一株前世深埋在你怀里的莲子。当盛夏的骤雨在池上拨弄出一圈圈涟漪，像一句句殷切的呼唤，唤醒沉睡的我，在流水的时光里，在你怀里，开成一株婀娜的少女。

我穿过水面迎风而立，阳光带来你的温热，霎时我羞红了脸，一低头的娇羞映在你浅浅的臂弯里，你借来清风摩挲着我柔软的发，拂起一池的暗香疏影。我摇晃满身的露珠，溅落在你多情的心里，你自是懂得，我用一生的娉婷点洒成最浪漫的诗句，写给你，也写给自己。

我要在陶渊明的篱笆院里种满园的菊花，红的，绿的，黄的，紫的……你恰巧是途经我花园的春天。我听到风捎来你的绵绵絮语，我听到春雨吟哦着你写给我的字迹，我看到麻雀欢闹在园子里，像我与你重逢的前奏曲。

于是，我开始"晨兴理荒秽，带月荷锄归"，一铲一铲翻新着泥土，像在回忆里翻找着我们的青梅旧事，我为它们浇灌上沁凉的泉水，让回忆的种子在春天的土壤里生根发芽。

我用晨露和黄昏编织成一桩稻草人，插在园里，驱赶走掠夺我们相聚时光的恶鸟。

从一个黎明，盼来半空彩霞，从一捧月色，等到满天熹光。

我想化成一缕清晨的薄雾，一日千里去探寻你归来的消息。我整日梳妆打扮，眉似黛色远山，双眼望穿秋水，半倚栏杆，站成一朵花骨朵儿的姿态等你，你不来，花不开。

不，我也不能无为地等着，我要在时光的锦上，用日月星辰做丝线，绣满园的春天，绣四季的花开。我笑望在春风里，你从春天走来。

我要在与你相遇的季节里，种一树一树的光阴，像天上的星星，像山野里的花籽，数也数不完，采也采不完。在这只属于你我的光阴里，我们拾来荒草盖一间茅屋，折两叶芭蕉盛满雨露酿的清酒，采一缕月光几颗星斗做一盘下酒的小菜，我们邀来空谷幽泉和十亩花开畅饮开怀，不醉不归。

日日年年，我们像一对欢愉的音符，跃动在岁月的弦上，岁月不老，琴弦不断。

光阴轮转，誓言不变，一屋两人三餐四季，我为你红袖添香，洗手做羹汤，你为我锄田种菊，种出一个又一个春天。

活在光阴的诗集里

光阴是一本诗集，每一天都是一句诗行，如果你肯慢下脚步，且听风吟，便会听到窗边的风铃吟诵着久远而来的《诗经》。

我喜欢用温热的手，抚摸这本厚重的诗集。一页页，一行行，将我身体里奔涌的热，融进它走过风霜雨雪的微凉。甚至停留在某一个美得惊心动魄的字上，发呆一整天，像遇到一个故人，把盏言欢，把时光坐断，把秋水望穿。

当清晨的熹光越过山坳，穿过竹林，洒一地斑驳陆离的影子，像仙女弄翻了宝盒，满地的琉璃碎玉，闪着光。摇曳的光影，是在写诗，竹林里的风吹醒了酣眠的云，婀娜地走进她的诗行，虫鸣鸟吟呼唤来潺潺的流水声，赶来做诗的韵脚。

我仰躺在竹林间，远处轰隆的瀑声阻隔了尘世的喧嚣，涤净我一身的疲惫。竹影，花影，云影，在我身上撒野，她们在我敞开的心扉里写着诗。

清风吹进我的毛孔，似乎打开了一扇扇门，请她们笔下婆娑的字住进我心里。这样，我的一生被她们柔软的笔调写进清晨的诗行，我惬意地躺在一行诗上，任思绪在碧水长天里诗意地徜徉。

当我行走在林风微雨里，雨珠儿从稀疏的叶子中间滴漏在我身上，我会轻轻闭上眼睛，因为我懂得，每一个掉落的雨滴是天空在写诗，我身后一串清浅的脚印，是她写给大地的诗行。

也是雨珠写给我的，在我裸露的手臂上、脖颈上，写着一行行清凉如玉的诗。当我这样想着，从林中归来，行囊里已被塞满足以温柔岁月的诗意。

当我停下匆匆的脚步，蹲下来看一眼路旁的野花，我看到花正在结籽，我便悄悄坐到她们身旁。直到初升的月亮豆蔻梢头，一粒粒花籽被风姑娘装进我心里，如此，我的内心有了一大包花籽。我可以任意地播撒在每一个的清晨，或是傍晚；每一条小径，或只是家门口，就这样，在素简的时光里，我种出了美成诗集的春天。

　　我坐在午后的田间，看到水牛悠闲地散步，它身后翻腾起黑色的泥土，是大地铺开的宣纸，任它写诗。它深深印刻的脚印，像它在诚恳地许愿，等着春风将土地吹干，那是大地已读完它写的信笺。

　　它摇晃的尾巴像长长的笔，在热浪滚滚的空中写诗。尾巴欢快地舞动着，我猜它是在写一封回信，让天空作邮差，感谢土地，它的愿望都已成真。

　　此刻，翻开的线装书在桌案上静静地等待着，等待着凉月生白露，载着月色赶来做客。当月光跨过篱笆，蜿蜒过我半掩的轩窗，洒落在书页上，笼罩在我身上，我知道是她在寂夜里为我写下的诗行。

　　我一字一句细细解读，读懂了她在浩瀚星空里形单影只的忧伤，读懂了她步履匆匆跋山涉水卷起的凄凉，我双手捧起书卷盈抱在温暖的怀中，一遍一遍摩挲着落在上边的月色，叫她别慌张，也别神伤。

　　"人有悲欢离合，月有阴晴圆缺，此事古难全"，我愿意给她妥帖的温暖，将这本书轻轻合上，如此，她便在这卷书里有了憩息的港湾，有了灵魂的厅堂。然后，我日日匍匐在案前，或夜夜枕它入眠。

　　看过四季的风景，方才懂得人间最至味的清欢，便是与爱的人相伴。在相爱的人眼里，眼波流转处，处处可成诗。

　　看花开是诗，云涌是诗，听流水是诗，鸟吟成诗，听瀑声轰轰亦是在写诗……檐下看雨，芭蕉落雨，枯荷听雨皆是一首首动人心弦的诗……

　　这样的光阴是一本诗集，有"虚窗两丛竹，静室一炉香"，有清风扎篱笆，月色开木窗。

　　我愿意活在这本光阴的诗集里，每日行走在诗行上，两袖盈满梅香，白云栖在身旁，听流水拂琴弦，荷风满池塘。

一眼一明净看着你，一步一欢喜走向你

光阴是一本厚厚的诗册，我从扉页的空白出发，以清风为马，以云雾为鞭，奔向最后一页的你。我嗒嗒的马蹄，是给光阴盖好了邮戳，寄到有你的地址。

如果你是春天，我会在白雪覆盖的被子下开始奔跑，以甘露，以云水，以胸口满腔的热，长成一株翠绿的草芽，在你的怀里。

我轻轻揉抚尚未消融的泥土，为你捎去万物复苏的香。我柔软的身姿在风中曼妙起舞，花香盈满袖，扑满你俊秀的鼻翼。

我倾吐着娇嫩欲滴的芽苞，为你泅染出遍野的春色。我忙着拾拣玉兰坠露，秋菊落英，还有腐化成春泥的枯叶，为你缝一件气宇轩昂绿油油的羽衣。

然后，我要将绵绵的春雨研成墨为你写一封长长的信，取一枚月亮盖上邮戳，花开荼蘼是你的地址，多像我热烈的爱。

如果你是夏天，我会从暮春的一场梨花雨里奔向你，以花香，以晨雾，以脸上绽放的笑靥，开成一朵妖娆的野蔷薇，在你的心里。

我用长长的藤蔓，编织成动人的花环为你冠冕。我用单薄的花瓣做你把酒言欢的杯盏，盛满清晨的露珠，为你烹茶煮酒，诗酒对红颜。

我点燃自己迷人的芬芳，做你静室里的熏香，将对你的爱慕融进袅袅烟雾，为你掸去尘世的喧嚣。我要妖娆地绽放，尽情地舞蹈，吸引晚霞为我驻足，将一缕缕霞光筛成流泉，洗掉你世俗的苦恼。

我还要裁剪远山的云雾做一袭白纱，披上月光，做你的新娘，依偎在你绿茵蓊郁的怀里，静闻你深深浅浅的呼吸。

如果你是秋天，我会用清风摇一叶小舟，穿过万水千山，以萧瑟，以清寒，以一首诗的姿态枯萎，化作一片落叶，恰巧落在你怀里。

我将满地的花籽一一拾起，装进给你的信封，这样当你奔向前方，便种出一路花香。

我铺展柔弱的身躯做你远去的行囊，帮你卷起干枯的河床、昏暗的枝丫，白露生起的微霜。我将你五彩斑斓繁华的光阴印刻进我身体的纹理，悉数为你珍藏。

我用尽全力随风飞起，用清风修好篱笆，卷来野外的荒草搭一间茅屋，请月色开木窗，捧一波湖水挂成你窗前的帘，再摘来几朵白云做一袭柔软的被，为你遮挡风雪凄寒。

这还不够，我要做你灶前最后一捧炉火，将秋露熬成茶，慰藉你尘满面，鬓如霜。

如果你是冬天，我会投身四季轮转的水车，紧握住飞速向前的齿轮，以刺骨，以冰封，以烈女的姿态，不惧风寒开成一朵静雅的冬梅，别在你耳畔。

我要在万籁俱寂，雪落时分，乘一朵雪花开到你窗前，做你捧卷痴读的光。我要用你檐下结成的冰柱雕刻出你俊逸的模样，不惧逝水流年，在光阴的岸上站成永恒。

我扬起高傲的头颅，在皑皑的白雪里，等待月色，摘几颗闪烁的星缝在你胸前，这样当你向我走来时，衣襟带花，眉染星光。

我将自己一片片血红的花瓣捻作笔，在一片雪白里，抒写我一颗初心的模样，字里行间，无不是爱你。

我还要采几缕雪地上熠熠生辉的月光，温一壶烈酒，用我鲜嫩的花蕊作盏，与你举杯对酌，温暖整个冬天。

因为你，我不惧春去秋来，花落花开，以决绝的方式与自己告别，只为奔向你。

　　我跨过千山暮雪，万里层云，等在流年的渡口，当你携着四季来到我面前，我不言不语却满心欢喜。

　　往后余生里，只一眼一明净看着你，一步一欢喜走向你。

闲坐光阴的信笺上，落一身清风鸟鸣

迷恋在小雨的清晨，独坐檐下，看云雾化作一缕香，缠绕着远山的藤蔓。门前的大柳树像被画在远山的框里，静得一动不动。院子上空几根闲散的电线上，几只燕子在熏香沐浴。

菜园子里的蔬菜含珠带露，干净透彻地绿着，纤尘不染，仿佛在我心里种下一片纳凉的翠湖。一朵朵洁白的豆角花饱饮雨露，娉娉婷婷地绽放着，自在安然，与世无争。

雨中的粼粼屋瓦像古时的某个月份，看着看着，能牵扯出前世的记忆来。

檐下的雨，在我眼前，滴成诗眼。

时光静得不像话，仿佛我并不是坐在院子里，而是坐在一本古籍里，一行诗上，一不小心，我也被写进去，做它的韵脚。

喜欢盛夏时节闲走在山里，云深不知处，清风流成泉。会感觉自己穿着一身清风衣，一身洒然，暗香盈袖，脚底生风，步轻胜马，恍然间会走到东坡的词里去。

车前草盈满露水，像收获颇丰的采诗官，采回一个个诗经里的字挂在身上。它们宁静地守在路旁，等待有人经过，将一串串诗泼洒到人们身上去。

云影穿过稀疏的叶子，落在地上是一幅抽象画，有风吹来，光影婆娑，仿佛是一位位诗人从画中来。身旁鸟鸣如流水，浣花响溪石，有松香抱云来，枯木生青苔。

有涧水涓涓抚弄琴弦，有瀑声轰轰俗世围屏。我可以闲坐在绵软软的青草上裁云剪月，可以徜徉到心田里修篱种菊，也可以拾来枯枝老藤将一壶往事的茶煎煮至泛白。

或者煮一壶清风酒，以花香盏，与唐诗宋词对酌，醉卧到一丛花影里去。此时斑驳的光影如一袭新织的丝被拂在身上，碎玉般洒落一身清凉。

不自觉地闭上眼睛，听得到古人抚卷，白露拂尘轻轻浅浅的声响。恍若一个个美得惊心动魄的字从一卷诗词里偷偷跑了出来，坐到我身旁，与我互诉柔肠，为我抚琴焚香。

我醉到光阴的尽头以蒙眬的醉眼朗朗回望，有白云织机杼，有月色开木窗，时光无尘，岁月无殇。

喜欢在仲秋夜坐到一席月色里去。看院子里的香樟树忙着为泥土写信，凉露窸窸窣窣地落在叶子上，如笔尖走纸，沙沙落雨。写一行是一行的远山雾，抄两段是两段的云水谣，行里是桃李罗堂前，段里是依依墟里烟。

情抒千行，一捧软香。

我采一捧玉兰坠露和白月光织成锦缎，将年华缝入不老，将岁月补到静好，光滑细腻的纹理是我于命运的渡口采撷满怀的暖，精心裁剪，轻落针脚。

这样的月夜会烹茶煮酒，会吟诗作赋，会补屋草和花，会写一封长长的信，落款是空山松子落，是悠然见南山。

就这样将岁月坐旧，将时光坐老。闲坐在光阴的信笺上，数一数诗词里掉落的字，听一听云影抚琴弦，拾一捧木兰花声，落一身清风鸟鸣。

风送水声来枕畔，月移山影到窗前

有人问大龙智洪禅师："什么是微妙的禅？"智洪禅师答约："风送水声来枕畔，月移山影到窗前。"

读到此句，当下生起欢喜心。若不是一颗秋水湖心，怎能体悟到此种自然中的风雅？

恍若自在地漫步林中，一丛丛翠竹摇暖了春天，清风徐徐，晚烟弥漫，竹杖芒鞋轻胜马，草芽上的露水盈抱着鞋子，像采诗官的诗册里掉落的一个个字，在我身上写诗。

鸟鸣如风摇银铃，是一串串美妙的音符跃动在竹叶上，灌在盛满喧嚣的耳朵里，涤净俗尘。流水涓涓，拂动光阴的琴弦，一声声空灵悦耳的脆响，向空山深处蜿蜒。

身旁一团团白云闲坐在溪石上，像花儿的呼吸，自在安然。一捧捧花影映在溪涧里，盖上一枚月亮邮戳，花香如醉，急着去给远山送信。

月影摇曳着清凉的风，在我身上流成泉，我便抱着一身泉水坐到竹影里去，烹茶煮酒，醉卧云端，等待"空山松子落"来叩响我半掩的柴门，共述碗茗炉烟。

把酒言欢，浪呼云气之后，各自跌跌撞撞地回家。谁知一缕月光牵着我的手散步到江边。看滚滚江水奔流不息，多像我们无法挽留的时光，和回不去的过往。

往事如烟，随江水奔腾远去，无法挽留，多深的执念也不能使江水驻足。"三十功名尘与土，八千里路云和月"，追名逐利的脚步终会在向前不停奔涌的江水中化作虚无，以为所得到的，其实仅仅是暂时拥有。

凉夜如浸，江风如洗，只有此时此刻，此情此景是真实的，值得认真拥有。

想到此，顿时心净如玉，身轻如絮。闲步归家，看到院子里老猫在满地的月影花影里酣眠，呼出一团团云来。一树梨花裁剪着月光为一滴滴露水缝衣裳。松风拂花影，摇曳满院子的香，是它一针一线细密的针脚，将一捧花声缝进白露的行囊。

夜虫唧唧，讲着悄悄话，我听得懂它们雀跃的欢愉。墙角的小池塘静静地躺在清凉如水的月色里，几株纯白的睡莲如静定修行的僧侣，超然物外，一身洒然，淡看朝夕更替，笑对云舒云卷。

又像挂在我脸上的笑靥，分明听到一朵莲花开在我眉间。

身旁是茅屋一间，以清风明月结庐，以花香草香补屋，有翠竹种两窗，有静室一炉香。"屋上春鸠鸣，村边杏花白"，我遍种杂花，于俗世围屏，采花籽儿研磨，写出一纸馨香。以星光点燃案前烛火，捧一卷白月光醉入一阕词，醉了便枕卷酣眠。

此刻心净如莲，朦胧间听闻风送水声来枕畔，看到月移山影到窗前。远山云影是我清凉的丝被，清风流泉挂檐下的窗帘，床边熏香袅袅，是风住花香在坐禅。

何为"禅"？是"明月松间照"的明月，是"清泉石上流"的清泉，是"眼前无长物，窗下有清风"，是以醉眼看人间，个个都温柔。更是花开花落岁月长，心若无尘岁月香。

落花，是光阴寄给我的信

李白的《寄王屋山人孟大融》中有一句"闲与仙人扫落花"，看了让人挪不开眼。一句话道出坐看云卷云舒，笑对花开花落，淡然脱俗的人生境界，让人顿时生出一种不以物喜，不以己悲的通透来。

恍若看到在云雾缥缈的深山里，与仙人闲坐溪石，松风袅袅，拂面的是草木清香，身旁有鸟鸣如流水，山衔好月来。

恰逢暮春时节，樱花桃花梨花披着白月光，赶着赴约似的，以绝美的姿态，曼妙起舞，零落飘洒。

一片片花瓣落在发间，染红双颊，携着一抹香，辗转于鼻尖，落于肩上，两袖盈香。落在茶炉里，我们烹花为茶，以流水作盏，两两对酌，将落花的香细细品味，捻入唇齿间，种在心底。

看着凉月生白露，落花远随流水香，而我与仙人，依旧云气在胸，谈笑风生。看惯了世间的阴晴圆缺，即使落花如雨凄凄冷冷，也无法惹我们伤怀。

我常常觉得，落花是在写信。

是白云写给泥土，是春天的草写给夏天的风，是"高处不胜寒"写给"只有香如故"，是光阴寄给我的信。

信里塞满了花籽，邮寄到我的地址，一路走来，繁花开满径。樱花已搽好胭脂，蔷薇已开到荼蘼，南至"明月松间照"，北至"清泉石上流"，清风是邮差，背着满肩的香，奔向我怀里。

我需要怀着十二分的感激和虔诚的心，才能将信封一一打开。

清晨，我打扫房间，将第一缕熹光请进屋，在窗台整齐的花盆里种出一束又一束阳光，明媚一整天。放一首老旧的音乐，那音乐像一个巧手的裁缝，将过往的光阴一一缝合，安安稳稳地叠放在我面前。我抓住一把阳光轻轻揉进这件光阴的衣裳，悲欢离合的丝线，被我抚摸平整，泛出明亮的光泽。曾经的泪水浥湿的印迹，已风干成一枚好看的蝴蝶结，是我与昨天已化干戈为玉帛。

然后净手，焚香，双手合十朝拜书架上一卷卷古籍，我知道这是光阴寄给我的信。有古人穿梭于字里行间，清扫着积年的灰尘，有诗人坐在一段段诗行上烹花饮露，吟风弄月。

风翻起书页的声响，是他们满腹才情落下的一句句诗行，我神游进一首诗里，甘心做它小小的韵脚，静静地听他们将一声声檐雨谱入愁乡，将一缕缕月光化作一寸寸柔肠，掸去碌碌红尘惹来的尘满面，鬓如霜。

当暮色卷来黄昏，我知道晚霞是天空写给我的信笺。放眼苍穹，笼盖四野，半天的彩霞乘风而行，时如奔马，气贯长虹；时如莲花，静若处子……千变万化的形状似在告诉我，变化才是人生的常态，该学习天空不对云霞作任何挽留，且看流云千里，不道别离，不问归期。奔涌于人生的浩海，常常月迷津渡，起起伏伏，我也当境来不惧，境去不留。

若落花，是光阴寄给我的信，我愿意日日以一颗虔诚的心，做一个痴心护花的浣女，以陶陶天真，做个闲人。等待清夜无尘，月色如银，对一张琴，一壶酒，一溪云，以白云枕溪石做盏，杯中有一片落花，壶中存一片冰心，守护逝水流年，芬芳岁月，饮醉光阴。

我本静如云，宜疏篱竹坞

时常在翻开的一卷书里迷了路，痴痴地望，被《诗经》里一个个摄心的字儿绊住脚，丢了魂儿。彼时天地洪荒岑寂无声，我静如一朵云，挂在清风明月里，与宽厚的大地朗朗相照，寂然无语。

自然风物自有其静意，如果我是其中一个，那么该是一朵云，在一处僻静地落下人间的户口，在空谷幽兰径结庐而居，任野草疯长，遍种杂花，只为采撷花香草香修补我的一间茅屋。请鸟雀衔床，月影围屏，远山松香为我烹炉煮茗。在一块溪石上，拥流水入怀，醉饮一壶桃夭，枕瀑声憨眠。

想来我定不是一朵普通的云，该是从东坡词里掉下的某个字幻化而成，有满腹诗情和洒然，不攀附，不流俗，一朵有着诗人身份的云。

我要以荷风剪来的花影裁一身清风衣，饰以青翠欲滴的草芽，饰以白露为霜的蒹葭，以冬雪梅香剪袖，以清晨一颗纤尘不染的露水做一枚精致的扣子，别在衣襟，朝着春天的方向，款款而行。

我日常的工作会很繁忙。在清晨，要放养一群诗词散步，乳燕呢喃牵着它们的手，泉水叮咚唤来虫鸣鸟吟作它们的伴，走在云雾氤氲的竹林间，挂满身车前草上丰盈的露水，打湿一团酝酿良久的诗意，慌了它们的神儿，丢落一个个诗里的字儿，在笋香里，开出一朵朵小花来。

我要以蜿蜒的熹光为鞭，赶一群鸡鸭到浣花溪畔，为它们以细雨微风修剪羽毛，穿上一身花香衣。它们自在悠然的脚步，踏醒满山花开。

请它们提来一壶春风，衔回花影酿酒，往事的炉火映红一场花事，跃动的火苗抚弄琴弦，听闻禅音淙淙，空灵悠远，将浓稠的情愫燃烧成火焰，将光阴的故事洗涤清浅。

眼前已风轻云淡，我笑倚花栏，以光阴盏，醉到浮生一日凉。

我要赶在将暮未暮，以竹影修满院篱笆阻挡俗世的尘埃落进屋，为檐下的芭蕉织好防雨的纱笼，不必惹闲愁。将牵牛花露煮成茶，燃起袅袅炊烟给夜空送信。以半空晚霞为梳，打理月色的发，倾泻星光如银，唤牧羊人归家。

我要在月色浇满池塘的夜晚，踩着荷叶荡起的一圈圈涟漪散步到你窗前，采撷一捧荷香为捧卷痴读的你点燃一盏烛火，映衬你清澈的脸颊。我轻轻摇响你窗前的风铃，是我于千里之外赶来，为你吟哦的《诗经》。

当你抬起深埋书卷中的头来，掌灯只看我一眼，便羞红了我的脸。我小溪跳鹿般地潜逃，越过河畔的柳梢，跨过空山的松子，逃回我安家的竹林，然后用一生的修行，将与你一瞥的惊鸿，慢慢忘掉。

因为我本是一朵没有形状的流云，与你相遇不问别离，与你分别不问归期。

我安于疏篱竹坞做一朵静静的云，花开不喜，花落不悲。如此便可以，奔八千里路的云和月，不染一点尘埃，身轻如絮，脚下生风，眉间挂云去，指尖捻水来。

遇见你，时光惊艳，岁月温柔

遇。仿佛这一个字，就是一扇任意门，你推开，便有无尽的美好盈满怀。世间所有相遇，都是久别重逢，这一个"遇"，便是一盏红灯笼，提着一场花事，照见往事如烟，也照亮前路漫漫。

最美妙的遇，是在月移山影到窗前的夜晚，提一支瘦笔与墨相遇。月色围屏，三十功名闯不进来，一颗素心与一方素帛朗朗相见。花影修篱，八千里路乘云而去，一支素笔与一滴淡墨欢喜相逢。笔尖走纸，泼墨种菊，一方纸上，种出与世无争超然物外的桃花源。

那一点一点的墨，是远山的眉，你玉臂轻挽来描；是佳人的朱唇，一笔一画里吟哦着诗经；是秋天拾起的花籽，你笔下生清风，落纸开花；是一条浣花溪，揽入鸟鸣云影，将片片落花洗涤成诗。

一支笔，将松风迎进屋，请月色开木窗。种虚窗两丛竹，燃静室一炉香；一支笔，修一条空谷隐兰径，云朵牵着炊烟散步。有明月松间照，有清泉石上流，有诗人从大唐快马加鞭送信来。

最欢愉的遇，是一粒草籽，等来春水初生，春林初盛，等到春风送来春信，与春天美好相遇。它在寒冬腊月里蛰伏，任天下一白将它雪藏，任寒风刺骨满面冰霜，它以隐士的姿态淡然相对；任梅香踏雪来寻，柴门犬吠来唤，它未有半点犹疑，静守一颗初心。

待春雪初融，唤醒春泥，它推开身上厚重的被子，睁开蒙眬的睡眼，以春雨织蓑衣，松香引路，从大地的怀中探出头，与等待已久的春姑娘撞个满怀。

那一抬头的惊鸿，鸟雀失神，小溪跳鹿，生动了整个春天。它忙着生出嫩芽，开起一间间客栈，收留春寒露重，有春风春水入住，有宋朝走来的词人投宿，每间客房门口有词牌引路，待树荫葱茏，结出一个个美好的愿。

最动人心弦的，是我与你的相遇。那一世，你身披清风衣，头戴白云笠，以采诗官的身份途经我爬满蔷薇的窗前。我不经意地躲闪，犹抱琵琶半遮面，让你双脚如生根，驻足凝望。

你恍然我脸上娇羞的笑靥，是你千百年前遗落民间的诗句，我倾慕你俊逸洒然的面庞，双目如水，眉间挂云，心底有莲动渔舟，溪涧吟唱。

四目相对之时，如荷风荡起满池塘的涟漪，如金石初开，银瓶乍裂，天地洪荒化为虚无。乳燕衔桥，云影铺路，时光定格成一首诗的模样，我们就这样在一句诗行上相遇，我在这头暗香盈袖，指尖捻水为你烹火煮茶，你从那头蒲扇轻摇，踏着炊烟袅袅向我走来。

时光为遇见你而惊艳，岁月因遇见你而温柔。

最美的遇见，是一尾鱼游入一团花影迷了路，一缕清风途经一丛篱笆安了家，是流水入双耳抚琴，月色来窗前挂帘；是空山松子落，遇到幽人应未眠；是雁引愁心去，有山衔好月来。

流水拂琴弦，一溪浣花愿

我去过最遥远的地方，是空山的空里。去过了，便日夜魂牵梦萦，想隐居在那里。

云铺的石阶从俗世的阡陌蜿蜒到无人的山顶，长着翅膀的露珠飞舞成薄雾，穿梭在忽隐忽现的小路。我从途经的路旁裁剪一米白云，包扎我积满尘埃的伤口。

晨露像一个个水精灵，亲吻着我裸露的毛孔，顿时周身被一股沁凉包围，思绪踩着一颗颗露珠随风起舞，肆意纷飞。

当我赤脚踩在山涧里，潺潺流水途经我缓慢的脚步，环佩叮当，絮语涓涓，仿佛是等候已久的知音，在这里，为了等我，已把光阴坐旧，把秋水望穿。

我映着一湾溪水，顾盼梳妆，好似赶赴一场宿命之约。采一捧山野里安静的小花，掩在耳畔，别在衣襟，扯一匹流云缝一袭纱。双手舀一瓢涟漪，捉住流水里的光阴，不为容颜不老，只为在等你的渡口，漾起一叶兰舟。

我邀请燕子衔来春泥和干草，在一棵老树下盖一间茅草屋，树枝做我的屋檐，树叶搭成翠绿的门扉，蔷薇爬满藤，缠绕成我的窗。窗外鸟鸣如流水，白云似流泉。瀑声轰轰，在我与尘世间筑成一堵高墙。

我在墙内种出一个花园，不为等花开，只想为清晨的露珠开一间客栈，让它们得以芬芳满面地在此停留。当熹光跃过花园的篱笆，它们汇聚成一汪泉，我便用西风剪芭蕉，以芭蕉为瓢，以时光为盏，裁剪几缕晚霞下酒，邀清风朗月对酌，忘记时间，饮醉黄昏。

醉了便席地而眠，软绵绵的青草织成舒适的床榻，足以安放我奔波的灵魂。清凉的月光透过绵密的树叶，如碎玉洒落一地，斑驳成一匹锦缎，温柔而熨帖地盖在我身上。

身旁白云枕溪石，清风拂花影，蝉鸣如清浅的音符，跃动在我轻鼾起伏的弦上。在这里，看凉月生白露，晚霞携黄昏，墙外的纷扰都与我无关，我只管夜眠卧榻听雨声，晨起开窗看落花。

我时常独自一人，呆坐溪边，撩拨起一串水珠写成给你的信笺。当我在浣花溪畔，用时光的棒槌敲打着旧衣裳，水珠四溅时，早已缝进行囊的故事散作涟漪。且随它们去，随着落花和流水蜿蜒远去……

"江深竹静两三家，多事红花映白花。报答春光知有处，应须美酒送生涯。"绿野花村，林深人静，闲暇时，我行至杜甫的草堂小坐。草堂的轩窗洇染出缕缕青烟，想必是门童已生起了炉火，一壶盛满往事的老酒在火炉上咕嘟作响，沸腾而颤动欲坠的壶盖仿佛是迫不及待地要一吐为快。我接过一只枯荷盏，盛满温热的酒一饮而下，青春韶华是一场宿醉，我且先干为敬。

我喜欢就这样，待在一山的空里。身旁飞瀑溅玉，眼前花开十亩，累了醉卧云端，请花香揉揉肩，醒时去浣花溪畔洗一洗风尘仆仆的衣衫。

湿漉漉的衣服在空中扬起，待水珠滴落，一溪的云里莲花盛开。思绪便随着一朵朵洁白的莲花在溪中蜿蜒，我双手合十，轻闭双眼，听流水拂琴弦，许一溪浣花愿。

眼前无长物，窗下有清风

"何以消烦暑，端居一院中。眼前无长物，窗下有清风"。正是盛夏时节，偶读至白居易这首小诗，顿觉眼神如洗，身轻如絮，有清风徐徐吹来，能听到林间瀑声轰隆，溅我满身绿茸茸的水珠儿。不经意间，如怀抱玉，眉心舒展，风轻云淡。

眼睛停留在"眼前无长物，窗下有清风"，一词一句，仿佛在一段诗行上生出绿油油的草芽，在我心里铺一条林荫小径，一缕清风拉着我的手散步到雨后清晨的露水深处。

眼前无长物，心中便无挂碍，这样的一颗明净心，不会因为晨钟响起，心生浮躁，急着投身于喧嚣市井；不会在黄昏感叹流年似水，人生无常。不会在一颗露水里看到自己念的人，和迭起不息的欲望。这样的心，看清晨是清晨，看黄昏是黄昏，看露水只是露水。

从俗世欲望的茧中抽身而出，端坐一院中，留一些时间专心用来过清晨。不是为了吃早餐，不是为了早起读书精进，只是认真地看清晨，听清晨，感受清晨。这时候，一个普通的盛夏清晨是会抚琴，通音律，会吟诗作赋的诗人。

有远山的薄雾携来林中的松香，为我打扫院落的尘埃。一朵白云飘至院中的老树下熏一炷香，烟雾袅袅似在烹水煮茶。清风流成沁凉的泉水为我沐浴更衣，篱笆边的牵牛花以芬芳为我涂搽胭脂，露水刚刚醒，在竹竿上站成一排，像要载着我远行的轿子。

菜园里的西红柿正懒懒地梳妆，一点点洇染着绯红的脸颊。小黄瓜穿上披荆斩棘的盔甲，戴上英姿飒爽的王冠仿佛要去征服长空。一排排小葱摇动着翠绿的叶子，像是在给菜园做早餐。

叽叽喳喳的麻雀在院子里做早操，抚弄大地的琴弦，翩翩起舞，抖落一身的露水，研墨写诗。乳燕跌跌撞撞地站在窗檐上学习飞翔，燕子妈妈雀跃地盘旋着，叽叽啾啾说个不停，该是在为孩子加油。

我只是坐着，看着，恍若走进一颗露水里去，走到空山梵呗静的空里去，走到水月影俱沉的影里去。此时心中蓄养着一湖秋水，波澜不起，养活着一团春意思，繁花织锦。

心中没有对形的执着，一捧花香便可住进鼻子里，一曲麻雀拨动的琴弦便可住进耳朵里，一湾清泉涓涓流淌在眼睛里，一种诗情画意播种在人生的旅途里。

眼中无长物，一朵花里可长出一片花海，一颗露水里装得下所有欲望，一株小草里养着一颗欢喜心。

纵然暑气燥热，院子里依然有花影围篱笆，绵云作卧床，有凉月生白露，水草抱溪石。有老树摇曳疏影在吟诗作赋，挥墨作画。飞瀑溅玉挂成檐下的帘，窗下有清风，牵牛花在结籽，光阴寄信来。

竹风流泉

　　草木中最喜竹，并无附庸古人风雅之意，也并不是膜拜它百折不挠，高风亮节的品质。只是单纯的喜欢。总觉得一根翠竹是从魏晋走来的一位隐士，身上有一种可以抚平一切喧嚣的静气。

　　一片竹林，便是一群吟风钓月，醉卧白云的隐士们在煮酒烹茶，吟诗抚琴，他们于俗世围屏，不染纤尘，是活在画中的古人。

　　我一直相信草木有心，万物有灵。所以也常常觉得自己是一只鸟，无惧他人的目光，自在吟唱；或是一只蚂蚁，大雨滂沱之际，为它们急切的脚步而心慌，甚至伸手去帮它们搬家；或是一片树叶，零落于泥土便安然地给树木当肥料，待春风吹来，我便生成一株嫩芽；或是一粒花籽，春天到了我会忙着开花。

　　更是常把自己当成一根竹子，静静地闲在围屏之内，任外面软红十丈，鲜衣怒马，我自仰头看白云弄机杼，清风修篱笆！

　　自知此生不可能成为竹子，但时常穿梭于竹林，闲坐于竹林也是一件雅事，一味清欢。

　　喜欢月夜里的竹林，静谧中又多了一份清凉。闲坐林中，心清景明。密密匝匝的竹叶将满天星光筛成一地碎银，光影婆娑在身上，像在我耳畔温柔地呢喃，更像竹影在研墨写诗，字里行间有隐隐约约的暖昧。万籁俱寂，若有风轻轻摇曳，便能听到月色散步的碎玉声。

　　拾柴生火，将心里潮湿的苔藓全部烘干。待炉火雀跃，烹一壶月光茶，蒸腾起的烟雾袅袅，是我以茶香为墨即兴写一封信，空山松子落是邮差，寄给幽人应未眠。

　　若只身一人，"独坐幽篁里，弹琴复长啸。深林人不知，明月来相照"，更有一分难以言说的妙意。此时我大可用竹林盖一间茅屋，以琴音淙淙的旋律挂帘，隐居于此，不问西东，请明月来做客，我枕月而眠。

若是竹林深处有一古刹，那么我甘愿做一条在林中蜿蜒的绿荫小径。整日以露水沐浴，以竹风洗耳，将万丈红尘里的过客一一引领到莲池般的清净地。

当清晨寺庙里打水的和尚途经我身旁，我追随他悠然的步伐，听晨钟，那声音空灵悠远，荡在竹林里，像一把拂尘，拨云见日。有排着队的和尚秩序井然地走向大殿，他们眉间植莲花，脚下生清风。师傅开始诵经，弟子修习早课，木鱼声起，尘埃落尽。

若正值盛夏，我喜欢躲到竹林里，坐到竹影花影里去。这时候我能听到花影在唱歌，声如流水，将我穿梭于馊粽子一般的尘世惹来的风尘，涤净一新。

我听到鸟雀拂琴弦，将竹林里氤氲的雾气筛得柔软蜿蜒。清风流成泉，阻隔袅袅尘烟，在我与碌碌红尘之间挂一幕水帘。身旁溪涧涓涓，在我的耳朵里借宿，远处飞瀑溅玉，洒落满竹林的水珠儿。

我安坐一隅，心如净瓶，脸上荡漾的笑意采回茸茸的青草和野花，将它们一枝一枝插在瓶里，悉心照料，待秋风来，撒落满心的草籽花籽。等到明年春天，小草会在我心里抽出嫩芽，满心绿油油的，花籽会在我心里开出一座花园，芬芳拂满面。

最喜欢竹林听雪。整个世界安宁地沉浸在静气之中，浮华三千归于岑寂，鲜衣怒马换成素衣麻衫。此刻根根翠竹如一位位静定修行的僧侣，披着洁白素净的僧袍，立于风寒之中如如不动，只静静地看着云烟舒卷，自在安然。

我端坐在他们身旁，听细雪沙沙扫在竹叶上，像竹子拆开一封封天空寄来的信，又像一位风雪夜归人前来投宿细碎的脚步声。时而大雪纷飞，玉树琼花，像天空在为竹子盖被。我只是看着，看到落雪在竹林里开出一朵朵白莲。

"闲居日清静，修竹自檀栾。嫩节留馀箨，新业出旧阑"，修一片竹林，时光会静成山水画，素淡的日子会过成诗与远方。守满山翠竹，亦是在喧嚣的俗世里截取一片纯净不染的清凉之地。

愿意付此一生素居于此，听雪吟成诗，听风流成泉，花时金谷饮，月夜竹林眠。

我心中有一包花籽

徐霞客有句"桃花流水，不出人间。云影苔痕，自成岁月"。向往这一生可以活成这样的境界。身过俗世，纤尘不染。红尘万丈，心净如莲。活成一幅山水画，桃花盛开，流水湍然，活在远离凡尘的世外桃源。

在这里人如云影苔痕，忘记朝代，忘记时间，活得没有年龄，无惧岁月轮转。常伴一张琴，一壶酒，闲钓一剪月，一溪云。活成一种超然物外，不染尘埃的风景。

这样想着，便在日常的琐碎里，处处留心，时时留意。

喜欢将暮未暮，随便坐在哪个山头，看着晚霞在黄昏的怀里舒卷云烟，时而如一群奔腾的赤兔马，时而如一群孩童嬉笑追逐，时而静下来如一位老者独钓寒江雪……

半空的霞在风之画笔下演绎着人生百态。我裁剪一匹晚霞缝一只储藏光阴的口袋，将一路走过的美好一一拾起，在此收藏，抵挡俗世的喧嚣，如此便无惧外物纷扰。

等到晚霞将黄昏一并卷走，凉月生白露，洒一地清凉，内心随之静下来，仿佛已看尽世间风起云涌，沧海桑田，此刻随着初月豆蔻梢头，万物岑寂，风烟俱净。

喜欢小坐在古旧的木楼上听雨。一声声檐雨啪嗒啪嗒落在芭蕉上，像一声声闺怨。"暖雨晴风初破冻，柳眼梅腮，已觉春心动。酒意诗情谁与共？泪融残粉花钿重"。

仿佛看到烟雨蒙蒙中一位玉骨冰肌，柳眼梅腮的女子失神地卷弄着芭蕉叶，双眼婆娑，分不清是雨水还是泪水，嗔怨着此时诗情满腹，想小酌一杯，却不知良人何处？

雨过天晴已近黄昏，"墨云拖雨过西楼。水东流，晚烟收。柳外残阳，回照动帘钩"。原来刚刚只是一朵乌云做的戏，此时云拖着雨飘过西楼，云收雾敛，水向东流，夕阳的余晖透过墙外的垂柳，映照在木楼上。风轻轻拂动窗帘，檐下的风铃自在地吟诗作赋，发出一声声脆响，那声音如一缕缕清风，和在雨水里涤净双耳。

一场雨，也像人的一生起起伏伏，纵然有怨有叹有不甘，但最终都要像一场雨后，归于宁静。

喜欢在春天看一场花事，呆坐一整天，看着一片片花瓣舒展。像春风摊开一张张纸在写信，花蕊像一枚印章，里面有落款的名字，花的香知道地址。

乳燕吟哦着姹紫嫣红的热闹，调皮地把酣睡的云吵醒。小蜜蜂衔来阳光，种在花上，顿时一朵朵盛开的花像一张张笑脸，开在我眉间，开到我心里，内心顷刻间云开雾散。

最喜欢的，莫过于坐在秋天的田埂上，看一簇簇野花结籽。秋日的暖阳洒在花上，像花籽在准备远行的包裹。花瓣渐渐缠蜷，是她打包好一年的收获。

有蜻蜓蝴蝶写给她的诗，有晨露暮雨为她作的词，有春风拂过的花影，有拥吻过她倩影的溪水，还有云在包裹上扎成漂亮的蝴蝶结，仿佛是要寄给春天的行囊。秋风是邮差，携着它们千山暮雪地远行。

我不忍打扰，悄悄拾起遗落在地上的花籽，装在口袋里，种在心里。如此，我心中有了一包花籽，四季都是春天。

活成一首诗的模样

我常想穿越回到古代，腾空一颗心，什么都不做，不要八千里路的云和月，也没有尘世三十功名的喧嚣，只煮酒抚琴，吟诗作赋。可自知不可能，便时常想要活在诗人的笔下，一生的风景像诗人笔下的一首首诗穿成串，如此才算不负光阴。

"独坐幽篁里，弹琴复长啸。深林人不知，明月来相照"，我想活在王维的诗里。一颗素简的心，过素朴的日子。一身静气，不向外攀缘的心无比宁静，看云涌成诗，看水流成诗，看花开成诗。

在彩霞笼罩着月色的傍晚，漫步在阴凉的竹林里，走到一处幽静的地方，席地而坐，铺开一方古琴，指尖流淌出一串串美妙的音符，我无所顾忌，尽情地唱着古旧的曲子。

幽深的竹林间，只有我一个人，我在每一片竹叶上写着自己的心事，竹子不会泄露我的秘密。明月也知晓我的心意，透过竹叶点洒在我的身上，月影婆娑，在我身上斑驳成诗。

也想活在诗仙李白的笔下。"人生得意须尽欢，莫使金樽空对月。天生我材必有用，千金散尽还复来"。人生如一场酣畅淋漓的宿醉，有的人却终其一生追求着一盏盏金樽，任其空对时光中的明月，从不肯畅快地豪饮一杯生活的佳酿。

人生得意之时应该无所畏惧尽情地享受欢乐，每个人都会有其自身的价值和活着的意义，金钱的追逐没有尽头，即使千金散尽也还会再来，但光阴却如流水渐远，一去不返。

与其留着一盏盏金樽空对明月，不如及时沽取一壶酒，邀一知心人，痛快畅饮。"两人对酌山花开，一杯一杯复一杯。我醉欲眠卿且去，明朝有意抱琴来。"

尽情享受如此快意的人生，忘情地活在今时今地，你一杯我一杯，喝到山花开，九丈红尘在一杯杯酒里，洗涤一新。也在一杯酒里，感悟生命，品味人生。

最想活在陶潜的诗里。"种豆南山下，草盛豆苗稀。晨兴理荒秽，带月荷锄归"，人生走到一定的境界，便是一份天然和素简。看过了五彩缤纷的花火，更喜欢宁静地观赏一朵朴素的小花从含苞到凋落。

跟随一株豆苗的脚步回归大自然，日出而作，日落而息。弱水三千与我又有何干系，我只需舀来一瓢，浇灌内心种下的那株豆苗足以。

做一株豆苗，与四季随枯随荣，安然自在地吸吮阳光雨露，跟随时光的流转扎根土地。像一株豆苗不能主宰轮转的四季，我们也当境去不留，境来不惧。

即使不能活在古人的诗里，也一定要在心中常念一首诗，蓄养一份诗意。如此，走路时听脚步吟诗，赏荷时看花开成诗，下雨时听雨滴成诗，雪落时昏黄的路灯也像一首诗……

如此，纵使来往于宝马雕车交错的市井，内心这首诗便是灵魂清凉的憩息地；即使身处纷繁俗世，也能旷达而洒脱，活成一首诗的模样。

把日子养成花海

夏天最美的，便是落在江南夜晚的檐雨，烟雾迷离，娇娇滴滴地撑着油纸伞，婀娜曼妙地行经青石小巷而来，洇染了粼粼屋瓦，敲打着窗前的芭蕉，有一种凉凉润润的美，心都跟着潮湿温润，仿佛会生出一捧苔藓来。

冬日最美的，莫过于清晨起床拉开窗帘，看到窗外下了第一场雪，大千世界纤尘不染，净如莲花，天下一白，那一刻的惊喜，心中如有乳燕吟唱，如小溪跳鹿，欢欣雀跃。

最美的事，是在江南的烟雨里，或在晴雪暖阳里静静地捧读《诗经》，风声岑寂，彼时会听到古时采诗官途经我窗前的脚步，是卿卿我我的呢喃，有轻轻浅浅的碎玉声。

他们眸里有皓月，眉间舞清风，行囊里塞满了行遍大街小巷，千山暮雪各处采来的花籽，一串串脚印是在辛勤地种花，等到春天，会长出一朵朵诗来。

我也想做一名采诗官，每日的工作便是行走在路上，采回诗来。然后坐在竹篱笆下，雀跃地等待一首首小诗开花，长成一片花园。静静地看着一朵朵小花结籽，秋阳洒在上面，为它们沐浴更衣，絮雪翩翩赶来为它们盖被，只等春天一来，院子里长出一句句诗行。如此，我坐在一行行诗上，轻摇蒲扇，慢煮时光。

门前有山衔好月来，院中有月色开木窗，窗前鸟鸣如流水为我挂帘，松风拂梅香洇染满屋的芬芳。现世安稳，岁月静好，不过如此。

如若不能做一名采诗官，我也要将素淡的日子养成花海。

那样便可以在清晨坐到花前，看花朵梳妆，一瓣一瓣伸着懒腰，慢慢舒展。睡在花蕊里的露水被轻轻唤醒，在花瓣上滚来滚去。细风如绸，抚弄着花蕊的发，暖阳如墨，为花瓣搽胭脂。

花枝摇曳，换好了衣衫，一帘花影映到窗前，开始欢愉热闹的表演。花香衔来鸟雀的叫声，嘤嘤婉转，清风流泉。花骨朵儿吮露凝霜，吟风醉雨，含苞待放。我看到心里一朵朵花在悄然盛开，顿时眉间风轻云淡，花笑栏前。

将暮未暮，花儿们请晚霞帮忙换好衣裳，橘黄色的光泽像被时光包了浆。一片片花瓣渐次蜷缩，打包着行囊，它们将一天的晨露暮雨，和风暖阳一一拾起，用一段彩虹系上漂亮的蝴蝶结，悉数珍藏。我内心的云烟在一朵花的朝开暮合里畅意舒卷，听得到流水拂琴弦，看得到月似小眉弯。

当星星爬上夜空，眨着眼，"月照藤花影上阶"，时光静得像一幅画，一丛丛花影好似灵动的音符，跳跃在时光的琴弦上。又像光阴寄给我的信，月亮是邮差，投递到我窗前来。

夜虫唧唧，浅吟低唱着《诗经》，仿佛在轻抚花影安眠。凉月生白露，丝丝缕缕的清凉落在身上，顿时心如璞玉，升起一种难以言说的自在美意。

我不忍去睡，坐到月影花影里去，舒展的身体像一方摊开的宣纸，任它们在我身上写诗，定要请月亮盖好邮戳，寄到你心底去。

眉间挂云去，指尖捻水来

有人说，最美的住所不过小桥流水，二十四桥明月，渔舟唱晚，烟雨沉轩，但我觉得都不及在云深不知处的云里，青山白云过一生。

那里有云铺小径通幽处，云搭石阶落满秋兰虫声，云载着松子散步空山，云轻摇蒲扇，烹一壶碗茗炉烟。

蔷薇绕着云爬满窗口，有云推窗进屋，落在摊开的宣纸上写诗，落在木床上织锦，落在我清澈的眼眸流成泉，落在我耳畔唱响一曲云水谣。

难怪诗仙李白有诗"兰生谷底人不锄，云在高山空卷舒"，愿意像一朵云流浪深山，自在舒卷；王维愿意"埋骨白云长已矣，空余流水向人间"，埋骨云深处，只流一湾清水向人间。

我亦想以一朵云的姿态浪迹深山不知处，请云修篱种菊，种四季的春天。养两尾云做的鱼，自在遨游，不生不灭。种几棵云树，洒满地云影写诗。以云影建屋，月色开窗，白露掌灯，花影展卷，花香铺床。你我亦是两片云汇成的一缕，拨开一朵是我，捻出一朵是你。

素简日常，以云果腹，熬一炉云朵汤，喝下去是云流成泉，涤荡我的肺腑。煮一碗云丝面，丝丝缕缕是对你长长的牵念。以云为笔，提笔是幽谷隐兰径，落笔是依依墟里烟。以云熏香，空山里种菩提，松子落有禅意。

请云卷来天下各处的花籽，在我的云屋前种一片花园，春天有乳燕呢喃，梨花开满院；夏天在绿油油的稻花香里听取蛙声一片；秋天有满园菊花为露水安家；冬天有木窗含雪，梅香踏雪寻来。

我要请云为我研墨，写一封长信，盖上一枚月亮邮戳，寄给光阴。信上有明月松间照，有清泉石上流；有空山松子落，有幽人应未眠。

我要感谢时光铺开的云，成全我所有的美意。一朵云，蓄养一池春水，养一池莲，收藏我所有的心事。我像一颗莲子，因仰慕一朵云，穿过积压满身的淤泥，只为越出水面，以娉婷的姿态与天空相遇。

　　有多少人，穿梭于拥挤的市井，被宝马雕车，霓虹闪烁蒙了眼，丢了魂，忘记自己的心底有一朵云曾经来过，忘记自己许在一朵云里的愿，和藏在一朵云里的暖。

　　辗转于碌碌红尘，身上积满厚重的尘埃，抬不起脚，挪不动步。甚至忘记自己本来是一朵飘逸的云，有着一颗素净不染的心，有着蓄满水泽清澈的眼睛，有着一身明月两袖清风的无所畏惧，无有挂碍。忘记在我们的两眉之间，深埋的是一颗云水禅心。

　　心若住在一朵云里，自然身披清风衣，俯瞰千沟万壑的艰难不过手边一盆盆景，看山雨欲来风满楼不过是几片闲云舒卷，听俗世里的嘈杂是一首首涤荡心灵的云水谣。竹杖芒鞋依然可以喜沐清风，身过琼楼玉宇，依然是眉间挂云去，指尖捻水来。

闲与仙人扫落花

读李白的"愿随夫子天坛上，闲与仙人扫落花"，被其中一个"闲"字深深吸引，因一个"闲"字，可以与仙人相伴，彼时，花只是从树上闲闲地落下，是去旅行的，片片落花都有无尽的禅意和美意。

因一个"闲"字，一下子走到人生的大境界，那里有闲云种草，月色浇花，人与万物都静到一幅古画里去。

纳兰容若有句"露华清，人语静"，素简几字，却有十分"闲"意。让人看到一幅闲挂云端的"空山月明静夜图"，恍若自己变成空山里那颗新落的松子。月色朗朗，寂静无语，看得清一颗颗白露缓缓洒落，树叶和花瓣微微颤动，是露水轻叩门，投宿在叶子上。此时，不敢言语，生怕自己惊扰了眼前的静美。

只需闲闲静静地坐在那，便能看到一朵花渐渐缠蜷，挂帘入睡；看到白云抱山石，憩在浣花溪畔；看到青青嫩竹悠哉地向上拔节；看到蜗牛伸着懒腰，打着哈欠，伸出一只触角揉搓着睡眼；听得到夜虫唧唧，踩着露水散步窸窸窣窣；听得到流水抚弄琴弦潺潺淙淙；也听得到"月出惊山鸟，时鸣春涧中"，深山古寺里有木鱼声声，踩着露水走来。

那声音空灵悠远，饱满而寂灭。你数着一声，两声，三声……声声慢。就那么坐着，仿佛就坐到了一颗露水里，坐在了一片闲云上，坐到了声声木鱼的回音里去。

此时，夜，像一位沙哑的老人，静得说不出话。你也无言，心就那么敞着，闲着。任风吹，任雪来，任窗外风过人海，你心里已是风定素花静静开。

蒋勋先生曾说："简单，是美的最基本素质。"深以为然，大自然是一方素帛，无须雕琢，大美至简。自有月光研墨，空山作画，露水题诗，也有窗含花影，鸟衔琴音，小溪跳鹿。

你只需竹杖芒鞋闲步其中，便自会穿上清风衣，花草为你熏香，云搭茅屋，树影铺路，走出一身静气，养出一颗素心。彼时你身后被车前草的露水打湿的脚印，是从古代采诗官包袱里掉下的字，写着一句句诗行。

忽地想到在寺庙里，每个刚刚出家的小沙弥，师傅会让其清扫落叶。扫一天，扫出暖暖远人村，身上俗尘净三分；扫两天，扫出依依墟里烟，心庭虚室有余闲。

以一柄扫把作拂尘，掸尽俗世三千尘埃。手中扫的虽是落叶，却扫出一身自在，满心清闲。彼时，内心的客栈已被腾空，纤尘不染，只有清风明月可敲窗，草木众生可入住。

行走于碌碌红尘，需要留一些空闲的时间，任心闲散，养几分闲趣，做个闲人。如此才可读懂一颗露水滴落的慈悲，一片云去留的无意，才可懂得流水不问落花的归期，空山不问松子的来意，才有闲情闲意，闲与花影偎庭前，闲与仙人扫落花。

活成一片月色，静于草木书简

常听到"活成自己喜欢的样子"这句话，不禁在心里问自己，我想要活成什么样子？

我想活成一个小山村，杂花在野，草长莺飞，清风围篱，流水端然。肩上背着白月光，怀里抱着花草香，炊烟烹炉，晨露煮茶。远山有牧童吹笛，田里有黄牛信步，身旁有鸟雀浣花，树下有老妪摇扇。凉风起，云绕溪石，松香入庭，百花开。

还有一个简单的愿，最终想活成一片月色，不问朝夕，静于草木书简。

想来我的确是个胸无大志的人，总觉得三十功名尘与土，八千里路云和月，功名利禄，锦衣玉食，这些外在的东西，都会在夜里悄悄消失。连获取时的快意，待月色入堂前，也会化作一缕缕孤绝的气，在屋子里寂寂徘徊。

夜，真好。

世界静下来，所有的追求都归于一床一被的安眠，喧嚣岑寂，繁华落幕。白日里追逐的脚印余温尚未退尽，而只一轮月的距离，一切都变得虚无。好像脱下了光彩照人的羽衣，此时猎猎风响，你只身一人穿着素袍，站在一叶小舟的船头，烟波浩渺，一片苍茫，任风灌进隔世的孤独。

世界会在一片月色面前，褪尽繁华，褪成纯净的素色。而我，甘愿做时光里的出逃者，退居到雾绕半山，退居到松风停云，退到一卷古籍里去。

人生走到一定境地，会发现身处一个村子里都过于繁华，一点一点删繁就简，到最后，只想做一片薄薄的月色，静在一草一木的香里，静在一卷泛黄的书里，静到一捧素简的光阴里。

这个"静"，是不再追逐浮华世事，是放下，放下别人的眼色，放下他人的期待，放下门外的鲜花和掌声，放下一颗浮躁不安的俗心。

活成一片月色，可以在夜虫唧唧的夏天，为篱笆请来花影，以花影盏，饮一池荷香醉酒，拥摇曳的柳枝入怀。听奔涌的小河谱曲，看露水慢慢爬上叶子，安抚村子里的几声犬吠，然后静静地卧在一块溪石上，枕流水入眠。

活成一片月色，可以在白露赶来的秋夜，安慰落叶的孤单。可以为篱笆旁的菊花掸去秋霜，可以为一颗颗花籽悄悄盖好被子，然后为采诗官照亮一条小径，请他采撷一根枯枝插在门前，等秋风起，寒露凉，等片片雪花开在枝上。

活成一片月色，便可以映白一场初雪，听清你从春天赶来的步履，留下你的一串串脚印，与我娓娓道来一段老故事。为你照亮捧卷痴读的夜晚，在你手指轻轻翻动的书页里，与你耳语缠绵。然后燃一捧取暖的柴薪，那跃动的火苗是我狂乱的心跳，动人的相遇跳上枝头，开出一朵朵娇羞的梅花。

做一片薄薄的月色，任四季轮转，春去秋来，白露送走岁时秋，鸟雀衔来清风琴，我安坐在时光的弦上听花开花落，赏四时风景。任流年似水，光阴如梦，鱼衔花影入庭前，松风摇响两窗竹，我吟哦木窗含雪，雪送梅香来。

任世间车马喧嚣，人头攒动，我只是闲卧云端，俯首安然地看着，但都与我无关。

然后，我终于活成了自己喜欢的样子，做一片轻轻的月色，静于草木书简。

夜来月下，山水寂然

喜欢森林，像一个旖旎的梦。梦里有牧民的经幡猎猎作响，驯鹿踏着清凉的白露缓缓而行。它们时而停下来，低着头轻柔地啃着苔藓，时而嬉戏着一串串露水，摇响风铃。身旁有花在寂静地开着，香氛萦萦绕绕，像忙着在给每一滴露水起着温暖的名字。有端然的流水声，奔腾出一首首欢快的曲子，唱给卧在溪石上的白云听。

时常喜欢漫步林中，彼时内心会生出无限的满足和幸福，仿佛一条通幽小径，可以一直走到春芽爆满，走到瀑声灌耳，走到秋风摇落银杏，走到一场初雪纷纷赶来为草籽盖被。

从松风摇扇，熹光写诗，走到树影斑驳，花枝抱香；从黄昏展卷，晚霞缝袍，走到夜来月下，山水寂然。然后，看到时光静下来，夜色静下来，我也静下来。

"夜来月下，山水寂然"，几个字，似我寻到遗落在千年前的茅草屋，霎时奔波的灵魂有了归处。

一个"寂"字，恍若一场大戏落下帷幕，只留下空旷的舞台，有月色悄悄落下，是大千世界唯一的观众。一个"寂"字，恍若是月色泻下一句句经文，空山不语，露水敲着木鱼，叶子摇转经幡，花香草芽俯耳倾听。

一个"寂"字，亦是我茅屋上一道厚重的门。俗世三千闯不进来，只有窗下的野蔷薇探进头，绕着我案上的枯枝，一寸一寸开出春天。

在看《额尔古纳河右岸》的时候，像寻到了内心痴念已久的桃花源。

多想化作文中的一头白鹿，在圆月照亮林间小径的时候，循着一声声呦呦鹿鸣，奔回溪边的鄂温克族人希楞柱外，悠然无碍地吟风醉露，守着久远年代的寂静。

因为痴爱静，所以一直想要隐居。想来最好的隐居地该是森林中鄂温克族的希楞柱里吧。

清晨，有夜间出行觅食的小鹿归来，亲昵地贴着我的脸颊，它们唇边浅浅的绒毛，沾着草芽上的露水，仿佛特地为我衔回一首首诗，做成馅料，早餐便吃进一碗欢愉。

白日里，与山水为伴，清风作弦，流水抚琴。鸟鸣作哨，放牧一群驯鹿，看着它们悠然自在的脚印，像在大地铺开的宣纸上写诗。

我跟在它们身后，走在一句句诗行上，一不小心走回千年前的大唐。

暮色四合，雾气萦绕着森林。凉月生出一滴滴白露，坠在草芽上，映照出一个晶莹剔透，纯美不染的世界。森林穿上轻纱，与世隔绝一般，林子里静得不像话，只隐隐约约听到有松风摇铃，夜虫低语。

希楞柱里，炉火上的奶茶已沸腾。柴火燃烧的火苗，映着你明媚的脸庞，恍然是岁月温柔的笔触，在你的脸上，一笔一画地画着你皓月星子般的眉眼。

时光那样静美，仿佛从希楞柱顶漏下来的一片月光，都有着地老天荒的模样。

这样的时光是一幅古画，是岁月深处一个温暖的地址，是一封柔情似水的信笺，落款是"夜来月下，山水寂然"。

空

最喜欢"空山松子落"里的空字，有隔世之感。一个"空"字，时间没有藩篱，空间没有边际，仿佛是一座空山里的一声呐喊，回声涤荡天际，响彻云霄，一声空荡的回响，把世间万物囊括其中。

一座空山，任四季款款而来，安然落座。任春水初生，春林初盛，草木葳蕤；任蝉鸣擂鼓，松子摇铃，荷香灌满池塘；任秋风起，秋意浓，白露摇落岁时秋；任初雪匆忙地赶来为花籽盖被，仓促地融化为流水送信。

而它岿然不动，像一位静定的僧者，安然地摇转着每一棵草芽上的经幡。

一挂野瀑，从天而泻，动荡肺腑，涤尽尘劳。瀑声灌满双耳，恍若站在无人的旷野，四野空寂，有飞瀑溅玉围屏，任世外猛虎奔走，喧嚣嘈杂，都与你无关。

你在山风林影里，只看到白云卧山石，鱼戏绿萍，松香挥毫，提笔是清风荡袖怀抱香的自在，落笔是一蓑烟雨任平生的洒脱，你能在一团水雾中看到自己世外的样子。

听闻一声晨钟，会恍然走回到古时的某个月份，看到有高僧于松下轻摇蒲扇，炊烟袅袅似他唇间一声声经文，从大唐赶来，把养了千年的静气散满人间。你循着他口中流出的涓涓清溪，溯游而上，便看到疏篱竹坞，玉兰坠露，松风停云，烟火寂然。

若深山不见人，只有曲径通幽处，听到一座古刹中有木鱼声笃笃作响，像一阵古时吹来的风，翻开一页古籍。而你的脚步一不小心被夹在书页间，在岁月的风中，你变成一枚泛黄的书签。

那木鱼声便是空，木鱼声起，尘埃落尽的空。是世间喧嚣里的一声绝响，奏起人间一缕清音；是一个巧手的泥瓦匠，筑起一道世外猛虎无法逾越的高墙。

你可以安然地走在一声声木鱼声里，走回到一朵莲心绽放的清香里，走回到一片白雪月光里，走到旧时月色映照的窗前，走回你世外的茅草屋，与那个站在猎猎风中却依然身披清风衣的自己宛如初见。

当你在一个清幽的夜晚，闲坐案前，望着一方空砚台发呆，会看到月色推窗而来，捻水研墨，而你想要提笔，却写不出半个字。

你在一张空白的宣纸上看到思念的人的影子，忽地像走入一条深邃不见光的隧道，你想呼喊却喊不出声音。那思念像走在空山中你一声拼了命的呐喊，劈面迎来一场来不及躲闪的雪崩。

思念的空，像一个深不见底的沼泽，你越拼命挣扎，陷得越深。像你站在一片无风的旷野，任你撕破喉咙，也听不到山谷一声回音。

而一个人，只有内心腾空俗世的欲望，腾出一处空白，才能看到一颗露水里蓄满水泽的双眼，才能看到鱼衔花影追求一片映在水里的白月光，才能看到春天的风吹草动的叶子，是四季的僧者摇转的经幡。

世间又有什么不是一场空呢，如佛经里所说，时间也只是人们的一场妄想。那么，我们所追求所拥有的呢？

在岁月的荒野里，在时间的无涯里，在朝来暮去无休无止的光阴里，有什么可以真正把握？又有什么是真正属于自己的呢？

结庐

喜欢"结庐"这两个字，像光阴里一个温暖的地址。如此我朝着明天的方向深情而往，怀素而憩，有风铺小径，云引路，步步柔软生香。

想结庐在一挂野瀑边，瀑声轰轰，涤尽尘劳。有飞瀑溅玉围屏，绿树蓊郁，泉响溪石，云牵着碎玉散步。一步一缥缈，一步一妖娆，每一步，环佩叮当，满目琳琅。

或结庐在曲径通幽处的幽里，禅房养花木，小径开柴门。乳燕衔泥，清风修篁，苇草在顶，花月开窗。一人一院一炊烟，听风听雨听篱落。

秋有落英织锦，红叶作扣，白露穿针，细风引线，缝一件暖身的旗袍，修身养性，抵风御寒。午后暖阳斜照，倚靠在墙角一棵山楂树下，翻开一本青春的诗册，光影在书页上婆娑，影绰出一簇簇耀眼的光，像极了年少时你灼灼的眉眼。

冬有木窗含雪，满院琉璃，雪落梅枝，开出一朵朵软香。你身披月光，踏雪寻来，我团扇失神，掌灯相迎。你身后一串串浅浅的脚印，恍然是三百年前仓央嘉措遗落在布达拉宫后门的诗行，需要我穷尽黑夜，细细句读。

我掸去你斗篷上的白雪，点燃红泥小火炉，折几枝梅花温一壶酒，与你默然相对，两两相酌，在一壶酒里饮醉往事，在你的目光里看烛影写诗。

春有樱花焚香，氤染一整年的禅意，烟雾缭绕在一团静气里。草木俯首叩拜，喜迎春天的到来。春风携着春信摩拳擦掌地赶来，奔走相送，顿时，野花瓣里啪啦地开半坡。草芽青青，有棉织的柔软，我可任选一席，与故人温暖相认。

夏有松风摇铃，翠竹作弦，清风赶来谱好曲子，雨打芭蕉吟唱《诗经》。有露水叩门，唤醒海棠，有荷塘月色，在水一方。院子里，花影铺开一方锦帛，任鸟雀衔墨作画，时光落羽提名。

闲来无事，便为每一座山峦，每一条溪流，为每一株草木，每一抱花香，为每一声蝉鸣蛐叫，每一张案几茶台，为每一个清晨和每一缕晚霞，都起一个温暖的名字。如此，时光静好，岁月温柔。

再为多年之后的自己写一封长信，落款是春风相待，四时美好。

给门前的小径取名"通幽"，茅檐低小叫"花补"，院子围墙叫"东篱"，草芽上的露水叫"花凉"。

座上一朵云叫"小白"，堂前月光叫"霓裳"，池塘一尾鱼取名"小荷"，门前摆一净瓶叫"风来"，窗前插一根枯枝叫"逢春"。

而你的名字，是《诗经》里跑出来的一声呦呦鹿鸣，恰巧撞进我的篱笆院，于是我手中绣光阴的丝线乱了针脚，慢慢烹煮的时光慌乱了步履。

我急匆匆打包好所有行囊，搬到你的名字里结庐安家。

从此，甘愿丢掉俗世的户口，在你的名字里诗意栖居。不恋山，不恋水，不念暖阳月华，不念春风十里扬州路，不念二十四桥旧时月色。

唯独有你的味道缠绕着我的笔端，令我字字温暖。

唯独是你的名字青青子衿，悠悠我心，一遍遍，念念在唇。

第二辑　松风落笔，岁月生香

一张纸上，种满幸福

久住在钢筋水泥的城市里，冰凉，坚硬，人也变得麻木。一株小草，一捧泥土，一片闲云，一湾溪涧，这些世间最柔软的事物都很难得，连一颗柔软的心亦难以寻觅。灵魂僵硬得仿佛很久没有看到过蓝天、闻过花香、披过晚霞、吹过清风……诗情画意如落花流水，涓涓远去。

借着窗外的雨，推笔研墨，在一张纸上，栽种一抹柔软的时光。

一张素净的纸，可吟诗作赋，可泼墨成画，栽种一枝梅，便可惊艳寒冬，翩翩飞雪。绘成一双人，便有软榻香枕，烛影摇红。任由你思绪逆风而行，随风飘远，松风落笔，一捧欢愉。

古人隐于世，可独坐幽篁里、可空山松子落、可云深不知处。松针落叶煮甘露，枯枝竹管饮清风，闲步山野，醉卧白云，遍处是柔软惬意的好时光。

生为今人的我，也极想穿越到千年之前，回到唐诗宋词里的一卷，幽居在宣纸墨香之中，铺开一方纸，岁月生香。

在这一张纸上，盼望的都会相遇，思念的都会重逢。

笔尖走纸，沙沙落雨，时光清浅处，一步一安然，走一步是一步的温山软水，抄一行是一行的花开千树。

请诗人陶潜来我纸上小住，修一个篱笆小院，种半院娴静菊花，留一处荒芜给大地，随意它生长出什么。云有云的归处，草有草的情义，一场春雨过处，长出一丛生机盎然的幸福。

在一张纸上种满园春天，红有红的热闹，绿有绿的清幽，远山如黛，染一抹姹紫嫣红，听虫鸣唧啾，泉水淙淙。趁微风不燥，阳光正好，翻出经年的旧事，一一晾晒于石阶，看着厚重的青苔缠蜷剥落，闭上眼睛与过往挥别。亦可剪云锦几片，用细风做丝线，缝补一段温暖的老时光，装进贴身的行囊，取一枚雅致的别针，将它封存在心底的某个角落。

隐居于一张素纸，耕耘半亩荒园，做一个无用的人，做些无用的小事。

在这里，杂树生花，青瓦凝霜，云水禅心，烟停半山。浩海长空都忘却，尘世浮华皆可抛，做一个闲人，裁云剪月，修篱种菊。不管三十功名尘与土，不顾八千里路云和月。十丈红尘，九丈俗世，在这里化作一缕清风，一湾清泉，一壶月色。

惊鸿回首时，你从画中来。

一张纸上，种出一个小院，南至飞瀑溅玉，北至十亩花开。种一株法桐，做我四季的钟表，指针永远指向幸福的轨道。寒来暑往，不改端庄的模样，春去秋来，不理四季的喧嚣。清风两窗竹，白露一庭松，再种一棵银杏，不为倦鸟做爱巢，不给暖阳缝云裳，只为秋风萧瑟时，卷起千层金浪，温暖整个秋天；只为落叶铺满地，我一一拾起，做我给你寄出的信笺。

只是这样想着，已经眉如弯月，笑靥如花。

画上一个门，将自己关在红尘之外，种一池的白莲，沐浴月光，种一树的光阴，青春永驻。

种满院的幸福，只为等你，你不来，我不离开……

我有一个院子

林语堂曾说人生之二十四件快事，其中一项便是："宅中有园，园中有屋，屋中有院，院中有树，树上见天，天中有月，不亦快哉！"

人生中，有一方自己的小院，裁云剪月，修篱种菊，真是一味清欢。

院子不用大，只为有一片无关风月，属于自己的天空。一方厚重的木门，将我与红尘隔开，哪怕门外猛虎奔走，我自闲坐院中细嗅蔷薇。锈蚀的铜锁守着斑驳的重门，像一个心灵的护卫，守着内心一方清净。

蜿蜒的小路，铺着河塘里淘来的鹅卵石，大小不同，颜色各异，浑然天成的彩虹一般。脱掉鞋袜，也卸去俗世的牵挂，赤脚闲步其中，或晨露未散的湿滑，或阳光包裹的温热，或秋风扫叶的萧瑟，或冬雪洗礼的沁凉……大自然的温度通过四季的信使，捎到我的脚掌，蹿入我的心房。

小径的石缝里，包裹着一层碧绿的青苔，光阴融融，是我不与外人说，唯独讲给它们的心事。经年的往事，一层层积聚，又从我的心头一片片剥落，铺在它们的身上。

两侧的泥土里栽种瓜果蔬菜，与四季随枯随荣。也种一片静雅的郁金香，芬芳的白百合，一簇簇满天星……看花谢花开，随岁月流转，即使年华老去，我亦甘之如饴。

角落里一方小池塘，鱼儿闲淡地漫游在白莲丛中。皓月清风，银河星斗，到了静谧的夜晚，统统来池中做客。此时白莲化作一叶扁舟，载着天外来客，在柔波里随风荡漾。一圈圈浅浅淡淡的涟漪，是晚风与月色温柔的蜜语，我不忍打扰，远远观望，却也偷听得风烟俱静，流水端然的讯息。

墙边的几树银杏，是我的钟表，为我记录时间的流逝，四季的更替。

当干枯的枝丫探出绿意，是春风送来万物复苏的消息；当树根茁壮，枝叶翁郁，是炙热的阳光轻踩着盛夏成长的足迹；当金黄的叶片撒满院落，是清凉的秋风吹来田园牧歌的步履；当洁白的雪花曼妙而来，是天空为大地银装素裹换上的新衣！

我坐在经年的老藤椅上，吟风钓月，任它四季沐浴更衣，墙外的纷扰都与我无关。仰头，朗月清风，虫吟鸟鸣，只为我而来；俯首，烹火煮茗，蒲扇轻摇，炊烟袅袅。

当如水的月色穿过金色的银杏叶影影绰绰摇曳在院子里，我盛满一杯月光煮酒，邀明月共饮，过往繁华或荒芜一饮而尽，只留一竿风月，醉卧闲云。

小池的鱼儿也羡慕我的逍遥，跃出水面撩拨着水花嬉闹，我捧一杯月光，信步池边。曼妙的月色，清凉如水，在含苞待放的莲花上妖娆地蜿蜒，庭院晓风闻香而来，轻抚莲池，白莲敞开怀抱徐徐而开。

金黄色的花蕊如一簇饱饮琼浆玉液的精灵，精神抖擞，含珠带露，迎风轻舞。恍然间，一朵洁白的莲花在我心头绽放，馨香在我身体里蔓延，驱散层层积云，和煦的阳光透过心门普照在白莲之上，风烟岑寂，只有夜虫低低地耳语……

忽地想到巴金在《寂静的园子》里的一段话："现在园子里非常静，阳光照在松枝和盆中的花树上，给那些绿叶涂上金黄色。两只松鼠正从瓦上溜下来，这两只小生物在松枝上互相追逐取乐。"

我亦愿如此，守一方院子到老，陪着岁月静好。

一花一世界，一叶一菩提，若修得一颗菩提心，哪怕没有一个院子，只一盆小花，也可以修枝剪叶以清心，除去内心的杂草，剪去蔓延地荒芜，在心里修篱种菊，拓出一方与世无争，恬静淡泊的"花园"。

这是心灵诗意的栖居地，也是一方妥帖安放灵魂的清幽院落。

有一种逃避不是软弱，而是内心忽然柔软

喜欢在雨天的午后，闲坐在落地窗前，泡一壶老茶，一坐就是一天，把时光坐到停下来，也宁静地坐到我身旁。

举起手中的茶，走进杯子里去，看那初水浇上来的一刻，水花翻滚，万马奔腾，隔着杯子依然有热浪滚滚袭来。多像鲜衣怒马，软红十丈的少年时代，初生牛犊不怕虎，山雨欲来风满楼，气贯长虹，轰轰烈烈，爱得歇斯底里，不留余地，恨得恩断义绝，不留退路。

待杯中的茶，渐渐沉淀，茶叶舒展，绿得通透，茶汤至清至明，一副淡然天地，清风围屏的自在模样，就那么静静地沉在杯底。看着似乎消极，不争不抢，甚至也不再追求，却有一种畅快舒展内心云烟的坦荡，有着任门外猛虎奔走，它自细嗅蔷薇的超然；有着静待花开花落，坐看云卷云舒，境来不惧，境去不留的旷达和洒脱。

仿佛一个人的一生，走到某时某处，突然会对很多外在的事物都不在乎了。"三十功名尘与土，八千里路云和月"，会发觉一切向外的追逐皆是虚妄。

就像手中这杯茶，最静好的时光不过是淡如云烟地闲蓄杯中，青春时代为倾慕的人去采诗的嗒嗒马蹄、少年时代为梦想孜孜不倦的脚步、青年时代为责任上过的山下过的海……尽在眼前的一杯老茶里，你细细地品，慢慢地品，静水流深，气清景明。

此时，你看窗外的雨，是一首诗啊。

滴滴答答，仿佛听到的是千年前从唐朝出发赶来的嗒嗒马蹄，连地面溅起的淤泥，都有一首诗般令人怜惜的模样。听那雨珠敲打着房檐，一滴一滴，是诗人来投宿的叩门声。一滴滴雨珠落在地上，冒出晶莹剔

透的水泡来，恍如大地忽地变成无边无际的莲池，有一朵朵莲花开出来。

你看那玻璃窗上的雾气，是往事都化作云的香气，缠绕着我笔下的字迹。

又像光阴寄给我的信，展信是一抹茶香，一纸柔软的时光，落款是寂静欢喜。

内心忽然柔软，住进一朵云来。

原来有一种逃避不是软弱，而是内心忽然柔软。

内心柔软，会在初春守候一株草芽，陪它沐风醉雨，吮露凝霜；会在夏天坐在一团花影里，等着一尾鱼来衔；会在秋天坐在湖边，看水草慢慢结籽，装进自己美好的愿。会在冬天怀一颗初心，等一场初雪寄来四季温柔的信笺。

内心柔软，会为檐下不小心跌落的乳燕焦急，用一上午的时间为它诵经祈祷；会为清晨的一滴露水撑把伞，帮它躲开第一缕阳光将它风干；会坐在山坡只为看黄昏的晚霞将农家的炊烟温柔地揽入怀里；会随手采回一捧野花插在门前的素瓶里，只为让途经门前的风有归处。更会在手中的一杯茶里看到采诗官在散步，在阳光蜿蜒的书页上看到诗人在写诗。

内心柔软处，有一个温暖的茧，那里有荷香围屏，有月光掌灯，白云抱溪石安床，流水拂琴弦挂帘，有梅香踏雪寻来点燃一捧炉火，有诗人从古书中走来秉烛夜话。

这里不染纤尘，没有喧嚣，只听得空山松子落，只看得依依墟里烟。你从俗世逃离，守候在这里，你不出去，俗世的风尘落不进来。

在这里，你尽管心中栽菩提，安然自处，眉间挂清风，虚度时光。

松风落笔，岁月生香

时常觉得写作是一缕鸟雀衔来的松风，在岁月的宣纸上，落笔生香。

素淡的岁月是一方摊开的宣纸，在四季的更替中，染两颊春色，种一缕荷风，秋霜生白露，梅香踏雪来。在这张宣纸上，从青丝走到白发，一步一滴墨，泅染着四季，涂抹着年华。

我的这方宣纸上，有茅屋一间，素简三餐，麻雀抚琴，乳燕吟诗。院里种花也种树，"清风两窗竹，白露一庭松"。在院中写字，会看到松风衔来花籽，在我的纸上种出满庭春色；松风剪晚霞，卷来醉人的黄昏；松风抱来月色，洒满院诗句；松风迎荷香，丝丝缕缕落在我的纸上，是"竹喧归浣女"，是"莲动下渔舟"。

写作于我而言，更像是与一位知己，披着满身熹光，于深山林中随意漫步。途经的林荫小径蜿蜒到内心深处，水草盈满露水，沾湿我的衣裳，心也跟着凉凉润润的。走累了，便闲坐下来，裁剪几缕白云，烹火煮茶，以光阴盏，盛两杯清露畅饮。

也是"静对佛灯闲太史，浪呼云气老狂生"，于一张纸上，与笔下的一字一句静对佛灯，快意畅谈，情动之处，浪呼一声，迅笔疾书，其中妙意，自是生活中的一味清欢。

写作是一种思想云游在纸上的旅行。此番云游，可与魏晋时期的隐士不期而遇，一见如故。相谈甚欢，便随他隐居到"云深不知处"，烹花煮酒，吟风钓月，南山锄草，修篱种菊，过着闲云野鹤，神仙也羡慕的田园生活。

还可以与《诗经》里走来的"静女其姝"相见，她眉如远山，柳眼梅腮，玉骨冰肌，低低羞羞。如半开的菡萏荡于藕花深处，吟唱着"彼泽之陂，有蒲与荷。有美一人，伤如之何？"荷风如醉，拂卷绿裙，曼妙起舞，婀娜妖媚，顿时水面泛起一圈圈涟漪，是佳人点点相思泪。

亦可与大唐的诗人，北宋的词人在歌妓的"轻拢慢捻抹复挑，初为《霓裳》后《六幺》。大弦嘈嘈如急雨，小弦切切如私语。嘈嘈切切错杂弹，大珠小珠落玉盘"的曲子里相见。

弦音淙淙如飞瀑溅玉，婉转莺啼若春风拂面，温一壶月光煮酒，两两对酌，才情满腹溢出杯盏，醉意氤氲，吟诗作赋。在李白"人生得意须尽欢，莫使金樽空对月"里洞穿人生真谛，舒展万丈豪情；在东坡的"竹杖芒鞋轻胜马，谁怕？一蓑烟雨任平生"里放下三十功名，修几分风轻云淡的旷达与洒脱。

写作亦如抚摸一块璞玉，在玉石玲珑剔透的纹理中见自己，见天地，见众生。

当我温润的手，轻轻抚摸着它清凉的质地，便修得一分清明和通透。哪怕碌碌红尘里的喧嚣，积聚在上面，却依然遮挡不住它本身的光泽。那天然的光泽像拂尘，以我指尖温柔的爱抚渐渐掸去尘埃，一直照耀到心里。仿佛在清扫着自己的内心，八千里路云和月，挣脱名利的束缚，与这块天然宝玉融为一体。在这块玉中可看清自己，可看清外在的世界，亦可读懂芸芸众生。

我愿意在这块"白璧无瑕的玉"中隐居，盖一间茅屋，养一颗老灵魂。院中有松风，菊花开满园，可听到鸟鸣如流水，可见白云抱溪石，有清风开木窗，有"山衔好月来"。

如此，我行走在岁月的诗行上，一笔一画都是深情的走笔，一字一句饱含时光的温情。

花香撞晨钟，白露敲暮鼓

素来喜静，常想从碌碌俗世摇一叶轻舟或驾一匹快马奔逃，逃到"空山松子落"的空里，逃到"种豆南山下"的山里，逃到"云深不知处"的深里。

我还想以诗人的身份，住到铜锁锈蚀、老墙斑驳、木门嘎吱作响，很旧很旧的古刹里去。那一声响，将九丈红尘都关在了门外，我不出去，软红十丈，鲜衣怒马都进不来。

换上一身清风袍，猎猎风响，素衣蓬蓬，灌满了隔世的孤独。

这样的孤独是如春风般要珍重相待的，像被抛在一幅古画中，看着画外的纷繁，都与自己无关，忽地闯到了古时的某个年份里去。身旁没有车流如织，只有忙着送信的嗒嗒马蹄；没有高楼大厦，只有吟诗抚琴的亭台水榭；没有喧嚣人海，只有茅屋一间，小院一个，屋里有茶炉，白云升炊烟；没有灯火如昼，只有一片月光映白雪，供我捧卷读经。

清晨，小沙弥轻敲醒板，唤醒花香撞晨钟。顿时院里有一圈一圈的花香如涟漪四下弥漫，洇染岑寂的庙宇，荡进我素净的房间。起床洁面更衣，净手焚香，展卷写诗。

烟雾缭绕为我滴水研墨，第一缕熹光探进窗来，在我铺开的宣纸上蜿蜒成诗，乳燕衔来窗外一行小和尚的脚印，他们眉宇如皓月，脚底生清风，在我纸上步步成诗。

经卷里的"如是我闻"走出来，悠然坐到我的诗行上，种一棵菩提，长出一树诗。

窗外传来小和尚们早课诵经的声音，那声音空灵，饱满，寂灭，像一把拂尘，温柔而有力量地扫在心上，霎时内心轻盈，凡尘仓皇而逃，腾出满心空房。

那声音是一缕静气，绕着我笔尖，落在我纸上，字字句句里都有净如莲开的禅意。

白日里，叶落季节扫叶，雪落时分扫雪，以扫把为笔，以大地为纸，以一颗虔诚的灵魂研墨，俯首写诗。笔尖走纸，沙沙落雨，雨滴成禅意的诗句，这诗句是一把拂尘，打扫心灵的客栈，清理内心的尘埃。然后轻灵明净地等着落叶融入泥土，等着一藤枯枝落雪，等着春草初生，花籽开花，守着光阴变老，风物依旧。

夜晚，古寺像安眠的老人，肃穆宁静。静到可以听到树叶飘落的声响，可以听到一朵莲开的声音，可以听到草在结籽，花香散步的细碎声，可以听到时光细密的针脚穿引于岁月的蓑衣之上。

看到山衔好月来，凉月生白露，白露赶去敲暮鼓。鼓声响起，尘埃涤净，万物岑寂。

有月移花影到窗前，我安睡在花影里，鸟鸣流水挂帘，徐徐清风拂面，花香铺小径，云溜来一朵，捎来一封信，我指尖捻一缕熏香轻启，落款是月色依旧，寂静欢喜。

瑜伽，红尘中的一朵莲

"菩提本无树，明镜亦非台。本来无一物，何使惹尘埃"。每次读到六祖慧能的这首小偈，瞬间呼吸舒畅安稳，掸去一身凡尘的轻快。本来世间空无一物，万法皆空，连时间都是虚妄，又有什么值得去执着呢？

初识瑜伽，便有听闻这首小偈之感。来自古印度的这门哲学，其修行的最终目的，亦是修得一颗物我合一，除却两元性，万法皆空的心。

日出之前，洗漱之后，燃一炷熏香，放一曲巫娜的《静水流深》，轻身来到铺展熨帖的垫子上，盘坐，冥想……

轻烟袅袅，弦音淙淙，檐下的乳燕浅吟低唱。轻轻地闭上双眼，眉心舒展，嘴角上扬一抹弯弯的弧线，当拇指食指相对，仿佛自己与宇宙间的能量相逢。此刻万籁俱寂，关闭上耳朵，鼻子，嘴巴……只倾听心脏的跃动。

当感官不再向外攀缘外物，不去管我听到什么，看到什么，闻到什么，内心渐渐宁静下来。仿佛来到瓦尔登湖畔，葱茏的远山，曳着晨露的花草香，浅浅淡淡的虫鸣鸟吟，掬一捧沁凉的湖水，乘着洒落的水珠跳脱凡尘，来到一处物我两忘的清凉之地。

如水的月色铺满湖面，身体沐浴着皎洁的月光，漂浮在湖面上。所有的烦恼，紧张，不安统统卸下，所有的凡尘过往都倾泻在湖底。身子变得很轻很轻，像一棵蒲公英，飘浮在空中，像一只小帆，随着微风拂过的淡淡涟漪荡漾……

身体渐渐完全地舒展，灵魂的圣殿被擦拭光亮，洁净如洗。心间盛开一朵洁白不染纤尘的莲花，娇嫩欲滴，含苞待放。随着轻缓至极的呼吸，花骨朵儿一瓣一瓣渐次开放，慢慢地舒展开来。

每一个花瓣都好像自己的执着，花开一瓣，放下嗔怨，又开一瓣，放下妄想，渐渐放下向外追逐的欲望……此刻完全开放的花瓣，像一座此岸到彼岸铺满花香的桥，这座桥从嘈杂的俗世通往洁净的内心，看到自己浅笑嫣然轻步走过，直至莲心，时光清浅，流水端然。

看到那里有一个黯然神伤小女孩，委屈地蹲在角落，紧紧地拥抱着自己。从前追逐的脚步声音太大，难得宁静下来，以至于听不到内心真正的自己已在委屈地啜泣。

曾马不停蹄追求成功，满足他人对自己的期待；曾步履匆匆无暇顾及途中曼妙的风景；曾屡次把苦痛熬成浊酒独自咽下一醉方休……却从未听听内心的呼喊，从未问问自己到底想要什么，只顾努力把灿烂的笑脸给别人，望着自己单薄的背影却从不问一句辛苦。

筝曲如高山流水，跌宕起伏，内心那个小女孩推开门扉遇到知音一般，痛哭倾诉，直至弦音轻缓，如涓涓清泉，我看到女孩的眸子清澈如洗，面若桃花，巧兮倩兮！

原来，世间所有的痛苦来源于追逐得太多，盲目地与他人攀比，所有的迷惘来源于向外求取，忘记静下来倾听自己。

轻灵起身，身体如音符，行云流水般跃动在琴弦上，在这个身心冥想的静定世界中，没有凡尘的惊扰，只有高山，流水，知音，和我自己。

一声声弦音似拂尘，温柔地掸去惹身的尘埃，身体变得很轻很轻，像一根羽毛飘浮在空中，心灵似一朵洁白的莲，在清净无波的湖心舒展……

俯瞰尘世间种种，"凡所有相，皆是虚妄"，既然连时间都是妄想出来的，还有什么值得计较？

何不心无挂碍，物我皆忘，竹杖芒鞋轻胜马，一蓑烟雨任平生！

世间所有相遇，都是久别重逢

《红楼梦》里，宝玉初见黛玉便说："这个妹妹我曾见过的。"贾母笑道："可又是胡说，你何曾见过她？"宝玉说："虽然未曾见过她，然看着面善，心里倒像是旧相识，恍若远别重逢一般。"

其实不止人与人之间如此，人与万物之间皆需一个缘字方可聚首，"荣枯得失，宿缘分定岂须忧"，缘深缘浅，即是宿命。

我们都曾有过，初见某个人，仿佛似曾相识。初到某个地方，仿佛曾经来过，很喜欢一句话"世间所有相遇，都是久别重逢"，好像佛家所说的因缘果报，无报不来。

种种相遇未必都有银瓶乍裂的惊鸿，但有一种至深的缘分，会让我们有落地生根，回到故乡的宁静和温暖。

本是初相识，便如故人归。初见洱海，我便有这样的感觉。

我想前世自己应是洱海边的一块石头，被命运的旋涡卷进苍茫大海，任凭我怎样执着和不舍，任凭我呼喊到声嘶力竭，命运的洪流仍无动于衷。涛声震耳欲聋，撞击着我，朵朵浪花催促着我，直到无力挣扎，卷入下一场轮回。然而我对洱海的执念太深，竟用自己弱小的身躯无数次撞击三生石，在佛前虔诚许愿，定要重生在洱海边，赴一场旧日的盟约。

任凭划破一身伤痕，以血为墨在三生石上刻下名字，终于在某一个炊烟袅袅，万籁俱寂的傍晚，再一次投掷在洱海里。才知道，原来执念敌得过宿命！

每当太阳从海东的山坳探出头，光芒洒向安静素雅的海面，顿时海上晶莹闪烁，像秋日眨着眼的繁星，随浪花荡漾着，像一颗颗飘荡的梦！清晨薄雾如纱，遮掩着海面，透过氤氲的雾气，远山朦朦胧胧地蜿蜓在对岸，丝丝缕缕的晨雾游走在其中，山边一条条重叠的柔美弧线荡在水雾中……好一幅山温水软的水墨画，常令我看得出神！

一群红嘴鸥欢腾地追逐着闪烁的浪花，扑进海里，又旋转着飞起，像在表演一出水上舞台剧。忽而潇洒地抖落翅膀上的水珠，咯咯咯地唱起歌来，悦耳的鸣叫划破清晨宁静的长空，顿时海面热闹一片，如在迎接一群凯旋而归的战士！

海浪一波逐着一波，轻柔地拂在我身上，透明的海水，甘露般滋养着我，顿时神清气明。这里是不染凡尘的桃花源，没有尘世的喧嚣，只有虫鸣鸟叫的天籁；没有车水马龙的热闹，只有锦绣春风姹紫嫣红的盛会；没有惊涛拍岸的壮阔和热烈，只有清宁如处子一般的涛声，温柔爱抚着海岸。

它如此令人心动，有一种让人不敢轻触的美好！

我喜欢沐浴在海边，阳光透过清澈透明的海水婉转地笼罩在我身上，暖意融融。一波波海浪轻柔地涌在我身上，像妈妈温柔的爱抚，海浪慢慢地涌来，仿佛为我注入了新生的喜悦，随着海浪缓缓地退去，也洗去了红尘的烟火！

霎时身轻如絮，神清气爽，内心波澜不起，宁静如湖面，听得到跳动的脉搏，跃动的生命！不禁轻闭上双眼，仿佛此时天地之间万物都被封存，尘世里的一切都被挡在了心门外，只有我和洱海无尽的缠绵！

这是一处闻着风都可以做梦的港湾！难怪我对它有宿命般的眷恋。

明月溪水，悠悠湖畔，丝竹洗耳，碗茗炉烟……我愿意将清净如莲的时光支付给岁月，预约我和洱海的三生情缘。

如此一生，甚是美好！

世间亦有一种相遇，如遇故人一般，内心忽地宁静下来。

想来自己前生该是佛前的一盏烛台，成日聆听着僧侣们诵经礼佛，木鱼声声悦耳，晨钟暮鼓洗涤着荒芜的我。便在佛前许愿，来世定要跪拜在蒲团上，参悟一点禅意，懂一株草的温柔，听一滴水的慈悲！

第一次步入寺院的大门，跪拜在佛的面前，竟然泪流满面，仿佛迷失太久，终于找到归途。双手合十之际，才知自己多么渺小，闭上眼睛，只听得到笃笃的木鱼声，空灵悠远，像一声声呼唤，也像一句句叮咛。

那声音穿透我的身体，震撼着我的心灵，击碎我的执迷。身体变得很轻很轻，内心变得极静极静，仿佛跳脱了九丈红尘成为一个尘世的旁观者。像一株蒲公英，随着柔风飘浮在空中，不染纤尘；又像一朵浮云，不需道别离，无须问归期！

清晨，小沙弥踏着"醒板"，唤醒寺中的师父。那声音极轻极轻。若非不起杂念心如止水的灵魂，断然听不到。在清幽的红墙里，响起空灵的晨钟，此刻风烟俱静。只听到钟声一声接着一声，近似呼唤地警醒世人，断了贪嗔痴，怨憎会。那声音告诉世人，你我都是时光里的过客，名利浮华都是虚妄，贪恋虚无不会快乐。

大堂里传出此起彼伏的经文，连风都岑寂下来。此刻"空山梵呗静，水月影俱沉。悠然一境人外，都不许尘侵"。万籁都歇，只听闻灵魂与灵魂的碰撞，便知是一场久别重逢。

这世间不是只有烈酒才可醉人，书海里煮一杯清茶更加令人沉醉。自己的某一世应是一个万卷书生，否则今生怎会如此痴迷书卷呢？捧卷痴读，便满心欢喜。

月明如水的寂静夜晚，半掩轩窗，依偎月色，抄几段经文，笔尖走纸，沙沙落雨，像小沙弥手中的扫把，扫尽了古刹的落叶，也打理了内心蔓延的杂草。凡尘过往市井喧嚣皆阻隔在门外，我不出去它进不来，断绝了世事，荒芜一段旧时光。

独自秉烛夜读，静影书壁，如江中垂钓的渔翁般宁静，颇懂得"孤舟蓑笠翁，独钓寒江雪"的趣味。此刻，孤独是最好的伴，断然不会寂寞，晚风翻开的一页页书卷，卷卷都会遇见前世的知己，处处都是久别重逢的故乡。

　　此番种种相遇，如明月映着一波秋水；如晚霞，网着一兜月色；如清风，携着一缕花香；如太阳，温柔了海浪。皆是不畏迢迢千里，与真实的自己于蔷薇盛开处久别重逢！

一袭旗袍绣光阴

我常觉得光阴是一本诗集，而一件精致的旗袍，是这本诗集里最动人的诗句。穿上它，曼妙的身段，如平平仄仄的韵律，你从画中来，摇曳着娉婷的步履。

曾经固执地以为，穿着旗袍的女子一定走在江南的烟雨巷。泛着微光的青石板路，有着被岁月抚摸的色泽，像一个巧手的裁缝，将途经它的，穿着旗袍的女子，绣成一道令人不禁驻足凝望的风景。

它以绵绵细雨穿针引线，小桥流水是它细密的针脚，饰以春风十里扬州路，饰以二十四桥渔舟唱晚。将一排古旧的木楼缝做包浆的盘花扣，将阁楼半掩的轩窗织成领口的如意襟，街道两旁的垂柳绣成美人婀娜的身姿，一柄雕花的油纸伞恰是美人水做的骨，撑着旗袍里那颗俊逸饱满的灵魂，款款而行。

清风摇曳，她步步生香。

这样的一个旗袍女子，定是古时采诗官遗落民间的诗句，是从一本线装辞里偷偷跑出来的字，是"空山松子落"携来的孤美月色，是清晨山间的草芽上挂着的一颗露水。

你只是远远地看着，就失了神，丢了魂儿，仿佛有一张无形的大手用力地牵着你，走到风帘翠幕，走到烟柳画桥，走到一幅古画里去。

你就这样痴痴地凝望，双脚生了根，心里生出草芽，就这样静在一帘烟雨里，看着，看着……仿佛有花香围屏，有呦呦鹿鸣，时间静止，世界荒芜，只有你和穿着一袭旗袍、撑着油纸伞漫步雨中的她。

此时，时光像一位沙哑的老人，静得不说话，而你亦无言，只是脉脉含情地看着，便心生柔软，住进一朵云来，携来温山软水，自在欢喜。

你惊叹这一人便是一座城啊，是一道脱俗而绝美的风景。

而我内心那道最曼妙的风景，亦是以旗袍作丝线，一针一针绣出来的光阴。

年少时，痴迷邓丽君。曾经以为喜欢的只是她洋洋盈耳的歌声。常常在雨天，什么都不做，拿着一张老磁带，听着她洗涤灵魂的声音，在思绪里拾起一片片音符，绣着青春的梦，绣着一捧纯净的时光。

直到有一次，在一张旧CD里看到邓丽君演出的视频，她身着一袭乳白色的无袖旗袍，精美的绣片似乎在讲述着只属于那个年代的故事，上面疏落有致地绣着兰花草，收腰设计，长至脚踝，曼妙多姿的身段，一览无余。

恍若看到一朵初放的菡萏，冰清玉洁，娉娉婷婷，不胜娇羞。举手投足间，仪态万千，一颦一笑，倾国倾城，美得惊心动魄，初见之，竟有银瓶乍裂之感。

找来所有关于她的现存的照片和视频，才发现，几乎每场演出她都穿着旗袍。有纯净的白色，有灵动的粉色，有神秘的黑色，有优雅的宝蓝……那一袭袭旗袍，像是林间吸收了日月草木之华的精灵，在她身上仿佛遇到了春天，而她的歌声是浣花溪畔的小鹿，呦呦鹿鸣唤出一朵朵花来。

那一刻，我恍然明白，为什么她的声音里有着脱俗离尘的空灵，有着锦绣绸缎一般凉润净澈的质地？为什么她的音乐可以成为华语乐坛的经典，"有华人的地方就有邓丽君的歌声"，一句佳话流传多年。

只因她平生最爱便是音乐和旗袍。她到世界各地演出皆是穿着自己心爱的旗袍，有华人的地方，就能听到邓丽君的歌声，就能看到她身着一身典雅庄丽的旗袍。

一袭旗袍，她不仅仅穿在身上，而是已经将旗袍的独特气质和温润的质地，融入到她的歌声里。难怪她的声音如丝绸般滑润，如包浆的琵琶扣般灵动，如衣襟上不染纤尘的一朵白莲，如老绣片上一条涓涓流淌的溪涧。你听着，如清风流泉，你看着，有花影挂帘。

是她呈现了一袭旗袍的温度，也正是旗袍演绎了她的经典。

是她成全了它的美丽，也恰是它成全了她的传奇。

我常想将自己的时光化作缕缕青烟缠绕着她旗袍上的丝线，在一根最柔软的丝线上隐居，烹一壶月光酒，醉在她的歌声里，醉在流淌的光阴里，夜夜枕一袭绝美的旗袍酣眠。

是她的那袭旗袍，丰富了我人生中一段最美妙的时光，是那一袭旗袍里盛放着一个少女所有的梦想。

我愿意用一袭袭旗袍做我人生中永不褪色的老绣片，一针一线绣出山长水远，一起一落绣上桃夭满园。要将我的灵魂一并绣上去，这样等到有一天，我站到时光的尽头朗朗回望，那最闪耀的就不仅仅是一袭华美的旗袍，而是我的梦啊！

梦里有你，俊朗如皓月，潇洒如松风，温热的手掌轻拥着我的肩。我身穿一袭绣着兰花草的旗袍，耳际一对翡翠耳环如玉兰坠露般摇曳……那个清晨，"草在结它的种子，风在摇它的叶子，我们站着，不说话，就十分美好"。

且将新火试新茶，诗酒趁年华

竹林筛过清晨的熹光，散漫蜿蜒，一条条稀疏的竹影点洒在院子里，与鸟雀嬉闹游戏。清风摇曳，地上的影子似一串串音符，跃动在大地的琴弦上，虫鸣鸟吟是它弹奏出的天籁之音。

草庐的轩窗半掩，将第一缕阳光迎进屋。涓涓溪水从山间引入茅屋，仿佛远道而来的故人，细语轻声诉说着一段青梅旧事！

茅屋的墙壁上堆叠着混合泥土的贝壳，阳光下五彩斑斓地闪烁着，好似翻看着一本旧相册，倾心诉说着光阴的故事。老旧的泥巴墙，风里雨里地走过，留下满面斑驳，那是时光的印记，如果不是看着这些旧物，又怎会知晓岁月的游走？

炊烟袅袅，升腾起人间烟火，煮一杯清茶，试图熄灭红尘里的花火，燃一炷熏香，端然安坐于佛前，手捧一卷经文，静心诵念。好似将山涧清泉引入了心田，干涸的桑田得到灌溉滋养，霎时心清景明。茸茸的绿意种上心间，似一朵含苞的睡莲在心头缓缓舒展，安然绽放。

远处传来牧童悠扬的清笛，穿过竹林，踏着轻风，跃进篱笆院，透过轩窗，潜入我怀里。顿时思绪飘扬，随笛声远去，远去……

日上三竿，采撷田里的蔬果，紫色的茄子穿过绿色的丝瓜，橙色的橘子边有宝石色的南瓜，大自然织就的锦缎琉璃，真是好看。那边红透的番茄像娃娃的笑脸，在田中嬉闹着夏天。

孩子奔跑嬉笑在田间地头，看积聚的蚂蚁搭建新巢，摸一摸蜗牛柔软的触角，嬉戏着信步田间的水牛，追赶着栖息花上的蝴蝶。饿了煮一穗香甜的玉米，渴了摘一只肥硕的蜜桃，等我们摘一篮子新鲜的蔬果，孩子调皮地骑上父亲的肩膀回家。

此刻我无须羡慕陶潜采菊东篱下，我亦悠然见南山。

晚霞钻过树梢，裹挟着清凉的露水，在院子上空笼罩一层轻纱，空气里湿润润的，尽是草木的清香。木阶上影绰着夕阳的余晖，暖橙色是家的格调，让人温暖而踏实。

院子两侧，粉色的郁金香，白色的百合，紫色的薰衣草，金黄的向日葵，浅淡的满天星沐浴在一兜月色里，静谧地窃窃私语，吐露芬芳。

四野寂寂，只有山林中的布谷鸟，还在独自歌唱，声音婉转空灵，似一抹梵音，抚去尘世的喧嚣。"空山松子落，幽人应未眠"，万籁俱寂，只听得到风与竹叶的无限缠绵，月色与柳梢的低眉蜜语，花瓣轻悄悄地舒展，一颗松子投奔泥土，一株白莲在心间缓缓绽放……

世事亦如自然万物，在这夜幕降临之时，皆归于岑寂。一切的繁华都会过去，一切的落寞亦会成为过去。我们也只是大自然中一朵微小的花，一株渺小的草，只能与四季随枯随荣，所以不必执着那些终会成为过去的事物。

三十功名尘与土，八千里路云和月，所有追逐皆是过眼云烟，不如只活在当下，听一缕风的温柔，赏一滴露的慈悲，逝水流年里，境来不惧，境去不留。

此刻月亮爬上当空，清凉如水，院子里的香樟树下分外凉爽。围坐在红木桌旁，闲谈碎语，笑看风云。手捧月光，斟一杯清酒，拾几颗星斗，邀明月欢饮！"且将新火试新茶，诗酒趁年华"，好不惬意！

就这样任岁月游走，任年华浅淡，让时光虚度吧，我愿如此，恬淡南山，静守流年。

敲开"白莲"的门，种一束菩提光阴

　　清晨的乡村，万籁俱寂。轩窗半掩，一声声檐雨轻悄悄地拍打着玻璃。暮春的雨总不甘独行，下了一夜，将墙外的梨花携进窗前案头，白雪花瓣一片片点撒在容若凄美的词上，便知昨夜的檐雨已被谱入愁乡。梨花带雨，绚烂的花开之后，只留下一案残雪，那雪融化的声音，想必也只有容若听得懂。

　　起身，泡一壶清茗，点一炉熏香，端然的空气里氤染一股禅意。乡村里特有的松香和泥土香，裹挟着湿润的雨珠从窗而入，清新自然，如空谷幽兰，沁人心脾。忍不住轻闭上双眼，深深一嗅，缓缓呼出。身体仿佛被注入新鲜的能量，气清景明。

　　推门信步庭院，云雾缭绕在黛色远山之间，忽高忽低，若隐若现。圆润的山顶起起伏伏，似一个个衣袂飘飘的女子，在云海松涛之中曼舞。游走的浮云，似纱幔，在山峦与天空之间遮遮掩掩，仿佛在排练一场别开生面的舞台剧，又恍若在迎接着仙女下凡。仙气弥漫，风声岑寂，静得让人不禁屏住呼吸，生怕惊扰到万物生灵。

　　心也随之沉静，似一朵雪白的莲花，在微雨中，含珠带露地绽放开来，开得那样舒展，那样地轻，我却听得分明，那莲开的声音。

　　云雾萦绕的远山，似有一股神奇的魔力，吸引着我拥它入怀。推开木门，径自朝它走去。细雨绵绵，抚在脸上，温润如玉，自己仿佛变成雨中傲然挺立的郁金香，闻得到软香盈袖，听得懂泥土和雨线的缠绵。

　　一条通幽小径，布满了野生的马蹄莲，雨珠停留在叶片上，晶莹剔透，初生一般欣欣然的模样，娇嫩欲滴，生机无限。轻风拂过，瘦削的叶子微微颤抖，霎时像仙女弄翻了珠宝盒子，叶片上一颗颗珍珠般的雨滴，静悄悄滚落到地上，瞬间无影无踪，连一点涟漪都不见。多像手中握不住的流年，稍不留神，便连一丝拥有过的痕迹都寻不到。

小路蜿蜒而上，像一条红尘赶往仙境的通道，连尘埃里都是甘露的味道。仿佛走到尽头便没有人间烟火，没有爱恨别离，只有下凡的仙女，在不染凡尘的如莲光阴里，过着锦绣琉璃般明媚的日子。

马蹄莲上的雨珠滚湿了鞋子，心也跟着潮湿起来。

坡越陡峭，云雾越浓。刚刚清晰可见的山头，已不见踪迹，仿佛在捉迷藏，又好像是薄雾在变魔术。

走得越近，草木越翠，水洗的洁净，一尘不染，枝头树梢挂着一排排雨珠儿，刚刚落下，顷刻间又积聚欲滴。像一对对奔赴红尘的有情人，一波赶着一波，不顾粉身碎骨的危险，挤破头地往里跳。

雨露啊雨露，你可知红尘千丈深？安静地闲在叶片上有什么不好？

不觉间已到了半山腰，我看不到远山在哪里，只缘身在此山中，浓雾包裹着我，蒙住了我的眼睛。四野寂寂，仙气缭绕，缥缈朦胧，仿佛闯入了仙人炼丹的圣地，松下的童子，正轻摇蒲扇，烹炉煮茗。

温柔的雨仿佛在与雾缠绵，空气里满是湿漉漉，软绵绵的柔情。静定伫立在雨中，听到细雨洒在花瓣上的声音，风轻扫在叶子上的声音，流年渐次薄凉的声音，红尘轻关上门的声音……声音极轻。轻如寺庙里的醒板，半掩心门的人断然听不到。

分不清我在山中，还是在云上，在红尘还是在梦里？只觉得内心轻飘飘的，身体绵软软的，如飘浮的云一般。仿佛自己已跳脱俗世，修成一株佛前的白莲，思绪里寸丝不挂，内心里寂静欢喜。

好像原本我就是这远山云雾里的一株小草，终年享受着阳光雨露的滋润，修得一身澄澈而空明，此番相遇，只是久别重逢。

回望来时的荒径，尽头的村落里已炊烟四起，烟雾袅袅而上。人间的烟火，飘得越来越高，散得越发浅淡，直到融入一朵朵流云。村子回归到晨起时的岑寂，万籁都歇。

世事亦是如此，曾经觉得惊心动魄的事，经年之后回首再看，已不值一提。

我轻挥手，拨开眼前的云雾，仿佛敲开一朵"白莲"的门，且留我住在莲心深处，种一束菩提的光阴。

木鱼敲花声

张岱在他的《陶庵梦忆》之"湖心亭赏雪"里写有一段:"大雪三日,湖中人鸟声俱绝。是日更定矣,余拏一小舟,拥毳衣炉火,独往湖心亭看雪。雾凇沆砀,天与云、与山、与水,上下一白。湖上影子,惟长堤一痕,湖心亭一点,与余舟一芥,舟中人两三粒而已。"

短短几句,将一种静寂的浪漫表现得淋漓尽致,湖心亭赏雪,只五个字,足以让人脚步放轻,呼吸均匀下来,内心飘飘然萌生一种小欢喜,脑子里蹦出"木鱼敲花声"五个字。

"湖心亭赏雪,木鱼敲花声",一静一动,如笔沾墨,挥毫出一幅空灵寂灭的水墨画。恍若择一小舟行至画中去,悠然地划开清冽冽的湖水,水面荡起一串银铃声。

大雪三日,上下一白,云染雾凇,万籁俱寂。与一二知己,登上湖心亭赏雪。带上红泥小火炉,接一杯雪,煎煮慢时光为茶,以光阴盏对酌,听风吟诗,踏雪抚琴,诗里是依依墟里烟,弦里有千山暮雪来。

若只身一人,要随身携带一只被时光包了浆的老木鱼,坐于亭中轻轻敲打,笃笃声响,乘着一粒粒雪花,回荡在空中,清幽玄妙。又像大地沉郁的更声,截住光阴的脚步,时间静成画,人走到木鱼声里去。一声声响将天地都哄睡了似的,才放任雪花这样肆意地飘洒。此时的雪是热情又多情的诗人,是去给春天送信的诗人,信中带着一包花籽。

一声声木鱼,敲出一捧捧花声来。

我坐到一捧花声里去赏雪。云深雪重,鸟雀俱静,此时时光像一位沙哑的老人,静得说不出话来。

雪一片片落在湖心里,是在写一封信吧。湖面泛起一粒粒微澜,映着霞光云影，羞红了脸似的，开成一朵朵梅花。沙沙落雪于我摊开的一方素纸，初雪见素心，落笔成诗，每个字都能开出一朵花来。

此时能听到梅香踏雪而来的脚步声，是轻轻浅浅的碎玉声，步步生香。听到吱嘎一声，心里的老木门打开了，斑驳锈蚀的铜锁碎了。三十功名，和八千里路的欲望仓皇而逃，腾出一间房，雪含梅香住到我耳朵里来。

木鱼声声，敲给雪听。

一片片雪花上开出一朵朵白莲来，像古时采诗官采来的一首首小诗，美得惊心动魄，令人呼吸凝滞。此时我甘心做一个小小的韵脚，坐在一行诗上，听木鱼敲花声。

又像一个个纯如白雪的女子在吟哦着《诗经》，低低羞羞，浅笑盈盈，花香沾满袖，巧兮倩兮静坐于湖面。

我愿意做一片花瓣，卧在她纤纤素手的指端，听流水拂琴弦，静看光阴缓缓，流年涓涓。

时光一直很从容

人们常常感叹光阴易逝，流年似水，如果世间万物都有各自的轨道，那么想必四季的轨道该是圆的，春去秋来，波澜不惊，不会因为任何人任何事做一刻的逗留。

时光如奔腾不息的江水，向前奔涌，可是当一个人沉浸在某些喜欢的事情里的时候，光阴似乎也会停下来，变得从容。

当我奔跑的时候，清风拂过发梢，晨露吸吮脸颊，灵魂随着颤动的身体此起彼伏，将一路的鸟语花香装进鼻子耳朵，将尘满面鬓如霜在风中拂落。

身旁的风景快速后退，定格成静止的画面，仿佛听到了时光的马蹄嗒嗒作响，我与它并驾齐驱，这时候，时光在我脚下，化作了载我前行的白马。

当我翻开一卷泛黄的诗集，指尖抚摸在字里行间，霎时有清泉流过，有花瓣飘落，帘下白云流成泉，清风拂花影。眼睛途经一行行诗句，仿佛将光阴里的苔藓渐次剥落，将古人遗落在卷中的时光一一拾起。

此时映在扉页上的月光化作我思绪翩翩起舞的羽衣，我驾着宝马香车途经前世的渡口，做任何想要的停留。

我在纳兰词里把一滴滴檐下的雨谱入愁乡，浸入万段柔肠里的悲伤将我吞没，不忍看明日的落红满径，指尖快速翻过书页，我便从前世仓皇而逃。

逃到东坡的词里，听到他竹杖芒鞋一身洒然穿过雨中的竹林，两袖拂起几缕薄雾，脚边腾起几缕清风，行至黄州的江边，便可仰天长啸："小舟从此逝，江海寄余生。"

我就这样在一颗颗白露里将红尘望穿，将光阴坐断。此时的时光在我眉间，已化作一个池，池中开满莲花。

当心中的野草肆意疯长，我知道该做一些舍弃。收拾家中的杂物，将暂且无用的物品一一清理。

当一些原本为我所有的东西，变得和我没有关系，我被那些欲望的枝叶藤蔓缠绕的身体，渐渐脱离。仿佛在心中的丛林里开垦出一条绿荫小路，一条归去来兮的路，一条从逝水通往年华的路，一条从斑驳陆离的尘世通往清风围屏的路。

或是修剪一枝花，当剪刀在多余的枝叶上咔嚓作响，像一根根载满欲望的弦，被一刀剪短。一身轻松很快代替了短暂的疼痛，一片片坠入泥土的花瓣，像一个个看似美丽实则劳人心神的欲望。

一花一世界，一叶一菩提，此时我在一朵花里看到了自己，也读懂了世界。

一把剪刀，一枝花，便可在心中修剪出满园的春天。

笔尖走纸，沙沙落雨，在一张宣纸上，落满松风，有暗香浮动，霎时岁月清秀，碗茗炉烟。窗前若有流水，如帘垂挂，美得摄人心魄。"入烟随岸步，听水就窗眠。夜起观僧定，庭空月到全。"

喜欢这样的住所，深山结庐，烟雾缭绕，临窗听水，枕水而眠。哪怕睡不着，起身看静定修行的僧侣，一声声木鱼笃笃作响，惊醒了天边的明月，移步至静寂的厅堂。

世间种种归于岑寂，随僧侣身旁袅袅的熏香腾空而去。我站在一旁，整个人都静了下来，静成了枯山水，静成一幅画。

原来时光一直很从容，是我们的心走得太匆匆，不肯停下来将身体等待。

佛说"凡所有相，皆是虚妄。若见诸相非相，即见如来。"世间所有，一切都是虚无和妄想出来的，万丈红尘，云烟舒卷，我们何不在一生的流年里且做一次看客，事了拂衣去，深藏身与名。

捧一缕书香度平生

梭罗在他的《瓦尔登湖》中说："我的木屋，比起一个大学来，不仅更宜于思想，还更宜于严肃地阅读。"

我亦如此觉得。世事繁华，行走其中，凡心难免此起彼伏，总要有一个地方，妥帖地安放自己素净的灵魂。

一间净室，一方桌案，一卷好书，便是人间至味的清欢。

清晨，推开窗扉，远山如水，朦朦胧胧地氤氲着薄雾，整个世界静谧如一潭湖水。山林里的布谷鸟、院子中啄米的麻雀、檐下的乳燕，叽叽啾啾，布谷布谷，交织成一曲悠扬的天籁，如一圈圈浅浅淡淡的涟漪清幽地荡漾在篱笆边。

房间里燃起一炷熏香，别有一番静气，思绪随袅袅而上的烟雾轻柔地蜿蜒。

端坐在案前，翻开濡染着墨香的书卷，如清晨的一缕山风拂过面颊，如一股涓涓清泉流入心田，如一剪清秋的月色洒向房间，顿觉神清气爽，流水端然。

眼睛曼妙地散步在一字一句堆砌的青石小巷，每一块石板都像一位久别重逢的故人，亲切而温暖。辗转的情节似斑驳的苔藓，在记忆的扉页上层层堆积。指尖停留在小巷转角处的花园，满墙怒放的蔷薇嬉闹着春天，那是书中的主人公已志得圆满。

喜欢用手一遍遍摩挲那些写进心眼里的文字，仿佛摇着一叶小舟，畅游在瓦尔登湖。轻快的船桨划出两条漂亮的弧线，与荡漾的水波纹交织成唯美的图案。

"东城渐觉风光好，縠皱波纹迎客棹"，绿树成荫，烟色迷离，湖堤杨柳依依，柳畔暗香拂面，茸茸的绿草拥抱着清澈的湖水，几对鸳鸯嬉戏在岸边……竟一时分不清我在房中还是在画中。

读到动人心弦的地方，又仿佛走近响彻云霄的瀑布，听闻一声令下万马奔腾，顿时"乱石穿空，惊涛拍岸，卷起千堆雪"，荡起的百米水花隔着时间与空间，穿过层层书页喷溅在身上。

此刻，自己仿佛化身出水芙蓉冰清玉洁的仙女，因无意遇见人间一位才高八斗的俊逸书生，而凡心大动。不顾天兵天将的阻挠，断了织女的机杼，惊起牛郎的鹊桥，踏着千山暮雪万里层云，拨开铜墙铁壁般积聚的云雾，打开人间茅屋上锈蚀多年的铜锁，终得与前世的檀郎相见！

翻到东坡的词卷，又不禁沉溺在他超脱物外，悠然淡泊，身过草街陋巷却不染尘埃的境界。

"竹杖芒鞋轻胜马，谁怕？一蓑烟雨任平生"，思绪不禁随着他穿着芒鞋依然轻快的脚步，在雨中竹林里的羊肠小道上蜿蜒，淋湿衣袂的雨水仿佛是天泉久酿的甘露，剥落心中经年的青苔，洗去俗世厚重的尘埃。

霎时，身子轻盈起来，如一叶扁舟漂浮在碧海长天，任红尘烟波浩渺，俗世繁花似锦，我甘愿"小舟从此逝，江海度余生"。

读到陶潜的"采菊东篱下，悠然见南山"，又随着他"晨兴理荒秽，带月荷锄归"。

竹篱笆里种着一日三餐的果蔬，自给自足。田间风儿荡起的麦浪，是他弹琴长啸的弦音；虫吟鸟鸣的浅吟低唱，是他琴弦上欢快的音符。他开垦脚下的砂石泥土化作碧蓝如洗的天空；他清理掉地垄田间的荒草，化作朵朵流动的白云。他手中的锄头是织锦的机杼，织就了只属于他一个人的锦瑟年华；他淡然的步伐是浓淡相宜的笔墨，描绘出薄雾成纱，江山如画。

这里没有风云变幻，人事消长，动荡的世态无法企及这块净土，这里连一朵流云都安然惬意，从不需道别离，也无须问归期。

恍然间，熹光穿过轩窗，蜿蜒在我摊开的书卷上，一束束婆娑的光影摇曳着一缕缕燃起的檀香，将我从书中呼唤而出，结束了刚刚渐入佳境的太虚神游。檐下的燕子忙碌地啄回新泥，建造着绵延后代的暖窝，叽叽啾啾欢腾一片。

时光在自然流走，我却不再刻意挽留。只愿在凡尘俗世里撷取一片宁静的光阴，深居简出，捧一缕书香度平生。

图书馆里邂逅的清浅时光

我常喜欢在雨天，独自一人坐在图书馆。细雨沙沙轻扫着格子窗，像大自然单独为我而来的浅吟低唱。

临窗听雨，雨点时而绵密，如春风迎面；时而疏浅，如蜻蜓点水；时而急促，如切切呼唤；时而沉重，声声如鼓！

多像人的一生，如沧海上漂流的一叶扁舟，随着波浪跌宕起伏，漂泊无定。看窗外撑着雨伞的人们仓皇奔走，路上车流如织，一帘雨幕，分隔出两个世界。窗外是尘土飞扬的俗世，窗内是光明如镜，澄澈如洗的莲池。

一排排整齐的书架，天文地理，历史人文，花香鸟语，纸砚墨香，大千世界，都包容在此。这分明是一个可以任思绪肆意遨游的浩瀚宇宙，任由我挑选一颗最闪亮的星斗。

不禁会想，如果时光可以如选取图书这样任意筛选，我们想留在生命中的该是哪一刻？

一段刻骨铭心的思念？一捧亲人相聚的温暖？一串石刻里篆刻的永远？一朵黄昏中轻风摇落的花瓣？还是此刻安于一隅，捧一本线装书，享受文字里一个人的清欢？

灯管里散漫的柔光在翻开的扉页蜿蜒，像一个矗立在海岸的灯塔，引领我探索未知的港湾。每一个落在心里的字眼，都是前生注定的一段善缘，让我安心把锦瑟流年在此刻托付给它照料看管，仿佛抓住一根救命稻草，在浩瀚的书海里奋力攀缘，听闻涛声依旧，摇桨扬帆，感念时光清浅，岁月嫣然。

目光无意中落到一首苏东坡的阕词《定风波》，"莫听穿林打叶声，何妨吟啸且徐行。竹杖芒鞋轻胜马，谁怕？一蓑烟雨任平生。料峭春风吹酒醒，微冷，山头斜照却相迎。回首向来萧瑟处，归去，也无风雨也无晴。"霎时，如与一位相隔千年的知音惊鸿相遇，有银瓶乍裂之感，深深沉醉其中，仿佛旁若无人，只有我和一位叫作苏轼的宋朝词人坦荡相见。

想必窗外的细雨知晓我的心意，知道我喜欢东坡词。喜欢词中云淡风轻，旷达豁然的意境；喜欢他超脱物外，悠然淡泊的情怀；喜欢他身处官场却可以游离世外，不为名利所缚；喜欢他进出秦楼楚馆却只对枕边人情深义重；最喜欢他豁达明净，放逐天地，不为俗世约束的人生态度。

只有他，可以在尔虞我诈荆棘满地的名利场我行我素，不攀缘，不屈就；也只有他，可以在风雨飘摇的逆境中，依旧满腔豪情，坚持本色，不改从前，纵横驰骋，笑傲江湖！

雨声悠然地敲打着身旁的窗子，仿佛是千年前洒脱的苏子飘逸的脚步声。他竹杖芒鞋，踏着雨雾缥缈而来，他不理会风雨穿过竹林拍打竹叶的声音，狂风呼啸，他亦不顾，迈着悠然不染纤尘的步伐徐徐而行。

云意氤氲在林间，雨意迷离人的心境，只有他依然风骨俊逸，从容淡定。仿佛天空也为他着迷，刚刚还春寒露重，风雨交加，转眼便已停歇，山头斜阳已穿过竹林照耀在他身上。

"回首向来萧瑟处，归去，也无风雨也无晴"。仿佛只一瞬间，烟消云散，风平浪静，回首萧瑟凄清的来处，再无风雨也无晴。他深谙大自然阴晴无定，季节转换，只是寻常，亦如尘世间的风云变幻，沧海桑田，所以释怀地感叹一句："人生如逆旅，我亦是行人"。

跌宕起伏的人生，何足挂齿？此番淡然，想必只有饱经风霜的他深谙其中的真味。也只有他可以在惨遭贬谪，漂泊他乡之时，吃几盘素菜亦能感叹"人生有味是清欢"。

岑寂的图书馆里，只有我和东坡居士在一本线装词里惊鸿相遇，恍若置身云雾缭绕的竹林，轻轻翻动的书页，仿佛是手中轻摇的蒲扇，烹茶煮酒，与日月同醉。只见他餐风饮露，醉卧白云，竹杖芒鞋，一蓑烟雨，一怀朗月，不染俗尘！

滔滔红尘深似海，我亦如芸芸众生，似一叶小舟，在波涛汹涌的人生浩海里此起彼伏，没有定数。想要在怒浪狂风里撷取一片属于自己的浪花，定格成画；想做人生之旅的摆渡人，在想要停泊的渡口任意停留；亦想要忘却"三十功名尘与土，八千里路云和月"，忘却世事浮华，光阴易老，就在此刻将自己放逐在一卷宋词里，"小舟从此逝，江海度余生"。

合上手中的书，窗外依然风雨婆娑。我的心仿佛已饱饮甘露，不畏前路风雨飘摇，不惧流年似水迢迢，我知道心中那一处莲池蓄着一湖秋水，不起波澜，也无风雨也无晴。

起身，掀开雨帘，迈着豁然而从容的步伐，走进雨中……

愿你历尽千帆，归来仍是少年

十几年过去了，我对在郑州天桥上遇到的一位孕妇仍记忆犹新！

并不是这个人和我有什么联系，而因为那是我第一次为一个陌生人流泪，甚至伤心很久不能释怀。第一次把自己口袋里的钱都捐给一个陌生人，最重要的是我始终不知道她到底是不是一个孕妇。

突然想起《浮士德》里的一句话：善良的人在追求中纵然迷惘，却终将意识到有一条正途。

我想"知世故而不世故"应该是经历人生万千风景之后，最洒脱如初的状态。

那本是一个应该收进诗集的雨晨，盛夏的微雨尤其让人欢愉。和好友约好一起去图书馆，想着细雨扫在玻璃窗上，听着淅淅沥沥的天籁，我们安静地坐在图书馆里读书，分外期待！

途经一个天桥，打着伞的人群在上班高峰期仍像挤在火柴盒里的火柴。透过雨伞缝隙，在蒸腾氤氲的雨气中，于天桥一隅，一个迎着风雨跪在路边的孕妇忽地夺进眼帘！我不禁一颤！

只见披肩发无精打采地挂在她的头上，风雨中更显凌乱不堪。看上去应该不到三十岁，却显出一脸饱经风霜的沧桑。忧郁的眉毛像两座大山紧压在眼眶的悬崖上，目光仿佛来自一个死去的卫星，森寒里透着绝望，只流露出一点点祈求的暗光。

膝盖贴在冰冷的水泥路面上，双手扶在偌大的肚子上，气若游丝地微低着头，沉默不语！她的面前放着一块木板，上边黑笔写的大字：丈夫遇到怎样的悲惨遭遇，一个人无力生养孩子，请求爱心人士帮助！

18岁不谙世事的我，第一次见到如此让人呼吸哽咽的画面，如此悲惨的世事。我看着她死鱼一般凄然暗淡的瞳孔，自己忍不住也潸然泪下。看着身旁目不斜视，一脸冷漠的路人，我甚至替她怨怼起来。不明白为什么这些人心肠如石头！

朋友竟然也一脸神秘地拽我走，我呆呆地愣在那，等回过神，松开朋友的手，将兜里一天的零花钱郑重地放在孕妇面前的铁盒子里。她仍呆滞地沉默不语。

那种死寂一般的沉默却像惊雷袭击着我的心灵！

我慢慢后退，离她越来越远，那个时刻仿佛四野一片荒凄，雨中赶路的人群形同虚无，好像整个世界碎的只剩下面前这一位绝望的孕妇，和我那一颗凄切凌乱的心！

走下天桥，朋友责怪我太傻。我不解。她说："我已经在这个天桥上看到她很久了，去年就是个孕妇！刚开始大家都很同情她，路过的人大多捐了钱。现在她也只能骗到游客和不常路过这里的人了！"

我一万个不相信！如果连自己眼睛看到的悲惨，自己的心感受到的疼痛都不能相信，都是假象，那还能相信谁？我执拗地否定她！

但夜不能寐时，回想她的话似乎不无道理！如果她说的是事实，我那洒掉的眼泪，揪着很久不能释怀的心，就是真心错付了！那种被欺骗的感觉，好像喜欢一个男人很久，最后发现他竟然是个女人！

如今已事过多年，我永远不会知道她是否如别人所说，是一个假装的孕妇，但我愿意相信她是个真孕妇。她没有欺骗我的眼泪！

可我又希望看到的是假象，世界上就少了一个拥有如此悲惨命运的女人。

列夫·托尔斯泰曾说：没有单纯、善良和真实，就没有伟大！

伟大或许离平凡的人很遥远，但我想平凡的人们也至少应该真实和善良吧！

随着年龄的增长，经历的丰富，见过各种各样乞讨的方式。有在地铁上爬行，残肢断臂的中年；有拉着二胡满腔悲戚的老婆婆；有瞳孔像星空一样澄澈却一脸世故追着要钱的儿童；有抱着孩子风餐露宿的妇女……

他们仿佛已被生活的绳索勒得奄奄一息，甚至在生命的渡口做着殊死的挣扎！每当他们颤颤巍巍伸出乞讨的手，我看到的是一颗颗渴望好生活而光芒未泯的心，我竟有一丝感动！便会抛开理性的判断，奉上自己力所能及的帮助！

想起佛经里一个小故事：一位修行很深的老和尚夜里做了一个预示性的梦，梦到他随身的一个小沙弥，第二天会因为回家探亲，路上遇到泥石流碾压而死。

第二天清晨，小沙弥果真告假回乡。老和尚知道因果自有天意，人是无能为力的！便双眼饱含着眼泪目送小沙弥离去。但三天之后，小沙弥开开心心地回来了。老和尚很惊讶，问他路上可曾发生过什么？小沙弥说："没有发生什么特别的事，只是在路上突然狂风暴雨，我看到一群蚂蚁正慌乱地逃难，便把它们连着泥土一起捧到了高处安置好，才继续赶路。"

老和尚将了将胡须，眉心舒展，会心地笑了："原来，是你自己救了自己！"

小和尚没有想到自己的命运竟然和一群蚂蚁息息相关，他只是拥有一颗善良的心，本能地帮助弱小，更没想到自己一个随手之劳，抵消了前世的业障，得以今世生命的延续。

佛说：一切轮回，皆是因果。其实帮谁都是帮自己！

命中注定的那部分只是过去，未来还没有发生，未来的命运其实掌握在自己手里。种下善因，会得善果，因果不虚。

人生路漫漫，风景无限，我们不能保证所遇都是好风景，所逢都是有情人，但却可以始终保有一双发现美的眼睛，保持一颗美好善良的初心。让那份人之初的真与善，像盛夏里最圣洁的莲花，出淤泥而不染，像红尘里盛满往事的一杯苦酒，一饮而尽，却回味无穷！

没有苦痛可以打败一颗善良无畏的心，愿你走遍山河，历经蹉跎，仍觉得人间值得！

愿你历尽千帆，归来仍是少年！

独处，是一个人修行的道场

窗外的夏雨，急切地拍打着檐下的芭蕉，像一个个前来心中投宿的旅人，坚决而热烈地敲打着门扉。以为是前世约定好的，那个叫作沧海或巫山的檀郎，他望断了鹊桥路，踏遍了落红小径，才找寻至此，不禁惹得心中一阵慌乱。

可转眼间以为情定三生的故人，和金石般的誓言却像芭蕉叶上的雨珠，利落地滑入泥土，连影子都寻不到。

想到韶华倾负的自己，总相信所有的相遇都是命中注定，应该拿命去珍惜。常想在岁月的流水里打捞一些波光涟影，留存在心中的玉壶，想在光阴的云锦上抽丝剥茧，编织成漂亮的蝴蝶结，缝进贴身的行囊。以为如此，那些易逝的美好便能在东海扬尘的俗世里，铭刻成生生世世的永恒。

直到现实的风雨落花流水，直到洁白的梨花碾作春泥，我们如一叶扁舟，漂泊在人生的渡口，想要做的停留，已不愿开口，想要的守候，亦不愿挽留。

看着岁月如滔滔不尽的流水不增不减，青春却如江海上的小舟，渐行渐远，才恍然明白，这一生中，除了日月山河，根本没有什么永恒，我们能守候的并不多。

世事浮华，多少沧海转眼变成桑田，多少爱侣转头变作路人，多少承诺像一株蒲公英随风散去，我们最终能守候的，或许只有自己内心的风景。

人生中只有走过一段独行的路，才会明白，一个人最幸运的事，不是在众人的舞台上光芒万丈，荣耀加身，而是历经人生的繁华和荒芜，却可以宁静如初，在心中修篱种菊，耕耘一个人的花园。

此时才会懂得，独处，是一个人一生中必经的道场。在这个道场里，我们一个人听风听雨听光阴的故事，赏花赏月赏四季的风景，在这里我们修行对自己的宽容，亦要修行对众生的慈悲。

伟大的作家梭罗曾说："我宁愿独自坐在一只南瓜上，也不愿拥挤在一张天鹅绒的垫子上。"

独处时光，只有内心岑寂安宁，细细体会，方可懂得人生有味是清欢。

一个人携一抹云雾，雨中赏荷。"风蒲猎猎小池塘。过雨荷花满院香"，半夏花开，陶醉于烟雨中的一池荷香。亭亭玉立的荷花在潇潇洒洒的雨中犹如含珠带露，粉妆玉琢的美人，分外娇羞。偌大的莲叶在风雨中曼妙起舞，绿裙婉扬，如美人玉腕轻摇的蒲扇，拨动一圈圈涟漪，煮一池清风酒，在等待她的意中人，也为每一个行经的路人，拂去一身风尘。

袅袅和风起，你从画中来。

一个人在金秋的午后，闲坐在院子里的银杏树下，可以什么都不想。看温暖的阳光穿过金黄的树叶，斑驳的光影洒落成诗，随着清风在地面摇曳，好似老树有意地抖落一地心事。叶影婆娑，像他娓娓道来的絮语，又像一张光影织成的巨网，笼盖四野，将我也捕获其中，好像瞬间可以听得懂风的叮咛，树的叹息。

一个人半倚轩窗，吟风醉月。此时一缕清风，一剪素月只为一人来。"白兔捣药秋复春，嫦娥孤栖与谁邻。今人不见古时月，今月曾经照古人。"

岁月如流水涛涛不息，玉兔在月宫里捣药从秋复春，不休不止。浩瀚的历史淹没了多少英雄往事，平息了多少风起云涌，古人今人不断更迭，只有月光未曾改变。

我们留不住似水的光阴，不如活在当下，在今宵的月光里，举杯邀明月，畅快共饮。

或是一个人独坐在洒满月光的案头，展开一卷宋词，与千古风流人物纸上相逢。

四野岑寂，烛火萤动，身旁的茶炉上水已沸腾，索性将悲欢世味一并熬煮成茶，将繁华过往化作袅袅茶香，跃过虚掩的轩窗，蜿蜒向无际的远方。

清凉如水的月夜，独自一人，静影书壁，碗茗炉烟。

当手中这杯茶渐渐沉淀越清越明，满地荆棘已被岁月摩挲出星光，执笔写一首云水禅心的阕词，松风落笔，岁月生香。

饮一壶岁月浊酒，守一方独处清欢

"细雨斜风作晓寒，淡烟疏柳媚晴滩。入淮清洛渐漫漫。雪沫乳花浮午盏，蓼茸蒿笋试春盘，人间有味是清欢。"

初次读到苏东坡的这一阕词，还是一个向往繁华，不谙世事的少年，不解其中真意！多年后，体验过人生的平波和激流，看过了世间的人情冷暖，迷恋过霓虹闪烁喧嚣的夜色，也跋涉过日出远山的溪涧清泉。再回首重新品读，竟有银瓶乍裂之感！

何为清欢？

携一抹春光浅谈，与一案书卷相伴，

温一壶月光下酒，拈一朵樱花对酌⋯

看竹林将耀眼的日光筛地蜿蜒流转，

看晚霞网一兜月色且让时光慢慢。

看飘零的金黄杏叶，兜兜转转似星光灯盏，

看书中的人物，凄风苦雨命运多舛，百转千回，静守一段流年！

我想，人生的这一味清欢，不在推杯换盏的集会，不在熙熙攘攘的人群，不在车水马龙的市井，不在花火烂漫的城堡之前。

而在一个人静数韶华的独处时光里！

独处，像一枝傲然挺立的郁金香，静观朝暮，眼中无关风与月！

作家梭罗，用两年半离群索居的独处时光，成就了他的传世伟作《瓦尔登湖》！

他是独处生活的忠实信徒。

他说"我来瓦尔登湖，不是去节俭的生活，也不是去挥霍，而是要尽可能减少麻烦以便做一些私事⋯⋯"

他说："我爱孤独。我没有碰到比寂寞更好的同伴了。到国外去侧身于人群之中，大概比独处室内更寂寞。真正勤奋的学生，在剑桥学院最拥挤的蜂房内，寂寞得像沙漠上的一个托钵僧一样。"

因为安于独处，享受独处，他离开充满是非的社会只受思想鼓舞，以至于他可以是急流中的一片浮木，也可以是从空中望着尘寰的因陀罗！

让人目眩的阳光，犹如黑暗。过多地追逐，便会淹没自己内心的浪潮，然后任自己流放在追名逐利的嘈杂俗世中，精疲力竭，疲惫不堪！

正如梭罗所说："如果所有的人都生活的跟我一样简单，偷窃和抢劫便不会发生了。发生这样的事，原因是社会上有的人得到的太多，而另一些人得到的却太少。"

如果每个人都可以静守独处的时光，丢弃攀比之心，停下追逐的脚步，让心安住在自己的灵魂里，如此，自己变得简单，世界亦会简单！

就像梭罗那样！

树木耸立的林间，悠悠烟水的湖畔，独处的茅屋，只一床一案几本书，自给自足粗茶淡饭。夜不能寐便思考人生，清晨醒来执笔记下灵魂倾泻的吉光片羽。

累了闲步湖边，择一处绵软软的湖岸呆坐半天，抚一抹绿茸茸的草芽眼波流转，望一望映在一波清水里的蓝天，看一群鱼儿欢腾地跃出水面，听一曲虫鸣鸟吟拨动的琴弦！

人生如此，岁月静好。

独处，也像一杯清亮透明的生普，越沉淀，越回甘！坐看浮沉世事，笑对沧海桑田。

"见月连宵坐，闻风尽日眠。

室香罗药气，笼暖焙茶烟。

鹤啄新晴地，鸡栖薄暮天。

自看淘酒米，倚杖小池前。"

这一幅岁月静好的画面，好一味独处光阴的清欢！

"白天躬耕陇亩，晚上挑灯夜读"，这正是诸葛亮的独处时光。

17 岁的诸葛亮，不满儒学的专制与禁锢、厌恶襄阳城内奢靡浮华、醉生梦死的生活，不想流于浮华虚荣之辈，选择隐居隆中，潜心隐志，独自思索！

他志在要做像管仲、乐毅那样能够拯衰复兴、济世救民的辅相。

三亩田园，他"晨兴理荒秽，带月荷锄归"，一座茅草屋，他"夜贫灯烛绝，明月照吾书"。

农耕劳作不仅让他过着自给自足的生活，更磨炼了他的意志，他在古朴智慧的农民身上学到了许多在经卷上难以学到的知识。让他得以贴近大地、亲近自然，掌握了农村底层生活现状，了解广大民众的生活疾苦。

挑灯苦耕十年，27 岁的诸葛亮已储备好成就伟业的学识和能量，受刘备三顾茅庐的盛情，同刘备共同创下一番伟业！同时也成就了他自己，被称为"中国历史上最杰出的丞相"！

欢聚是一群人的孤单！独处，是一个人的清欢！

想来娑婆世界，不过浮光掠影！

青春年少时，我也曾喜欢三五好友，秉烛夜游！如今已过而立之年，更加喜欢一个人独处的慢时光。

子由曾对兄长苏东坡说"心闲为贵！闲适一日，等同他人两日，如此拥有的时间翻一倍！"

我亦欢喜此种心灵的放逐与闲适！

我喜欢在四月娇柔明媚的春光里，闲庭信步，看麻雀啄米，听乳燕吟唱！请软绵绵的暖风梳一梳缠卷的长发，让斜阳的余晖洗一洗俗世的目光！

看田间地头，花事正繁，勤劳的蜜蜂穿梭丛间，嬉闹的蝴蝶呼朋引伴！冬雪初融的小河哗啦作响，迫不及待同干枯的河岸，撞一个满怀，奏起"春之交响乐"！河床上柳枝抽了新芽，随风轻舞，柔软如曼妙的仙女那面粉揉捏的腰肢！

我喜欢在夏日的荷塘，等一朵睡莲绽放，像美人伸展的臂膊，托起羞红的脸。任湖岸人声鼎沸，任九丈红尘洒泪，它统统不管！只那样静默地独守一处清漪，与一群蜻蜓嬉戏！

我喜欢伴晚秋清凉如水的月色，移步田边，看小螃蟹在稻田里开始舞蹈表演；听蛙鸣雀起，与活泼的鲤鱼喧闹游戏！看月色铺满山野，星光洒满稻田，深闻一缕稻香做精神的食粮！吟唱一首"照野弥弥浅浪，横空隐隐层霄。障泥未解玉骢骄，我欲醉眠芳草。可惜一溪风月，莫教踏碎琼瑶。解鞍欹枕绿杨桥，杜宇一声春晓"。至此，物我两忘，一身逍遥！

我喜欢仰面迎雪，任晶莹洁白的雪花在我脸颊发间飘洒，深闭双眼，用嘴巴笑出一抹向上的弧线，请冬雪洗净千丈红尘，笑脸亦如寒梅盛开在萧墙！雪地里留下一串浅浅的脚印，那是我给宇宙苍穹写的情书，字里行间无不是我满腹衷肠的感激，无不是我笑对风云的欢喜！

当我一个人闭上眼睛，用心灵感受这个美好的世界，一年四季，时时处处皆是清欢！

此刻，夜已深，人已静！只余一盏烛火，萤点在案头。烛光跳动，浮华往事随烟飘走，手执一支素笔，唇间一抹清茶，篇篇书卷翻动，像一个个欢愉的音符，跳跃来往在我瞳孔！

静看杯里的生普，热滚滚的水，冲起深深的漩涡，像滚滚红尘，一声令下万马奔腾！

夜更深了，它们渐渐沉淀下来，水色至清至明，像此刻恬淡的人生，如踏破红尘的白马！

掬一口浅酌于舌尖，恰是一味清欢润在心头！

生命，是一种逆流而上的姿态

一个初夏的傍晚，忽地狂风大作，天空拉下幕布一般，灰蒙蒙的。白日里郁郁葱葱的远山，此刻弥漫着漫天黄沙。

森林里树木草石激烈地呼啸着，大地上虫蚁鸟兽惊慌地逃窜着，村庄里平日静谧的袅袅炊烟也失了方向，在空中慌乱地蜿蜒着，院子上空的电线像孩童跳久的皮筋，忽高忽低地荡漾着……

我急切地跑去菜园，探望昨天新栽种的蔬菜幼苗，担心在这一场骤风中变成一片断壁残垣。

只见一株株刚刚开花的紫茄苗，正在风中剧烈地颤抖，被风吹地倾倒向一侧，像一群惊慌失措的绵羊，叶片哗啦作响，仿佛是它们连绵不绝的呻吟。但它们拼命镇定，似乎并没有放弃殊死的挣扎。

细看一株苗，筷子般的根茎扎在土里，五六片纤薄的叶子被风吹的涌向一方，细密的"血管"在叶片上曲折缠蜷，像小蜘蛛刚刚织就的蛛网弱不禁风地在风中颤抖。紫色的叶片下方有一朵小黄花，娇嫩的金黄色，好像耀眼的黄宝石，黄沙弥漫却没有遮挡住它璀璨的容颜。

眼前在风中挣扎的秧苗，让我看到生命最动人的模样。

如果将它们的根拔出来，想必早已随着狂风的旋涡，零落在不知名的地方，干枯，腐烂，最终化作一摊淤泥。

而正因为它们扎根土壤，有生命的存在，它们知道生为一棵蔬菜，结成果实，做成美味的菜肴是生命的意义，它们不甘心还未体会成长的乐趣便零落成泥。所以绝不放弃对生命的敬畏，哪怕以卵击石，亦不惧与怒风对峙。

大约两个小时之后，星星爬满天空的时候，风突然停了。万籁都歇，四野岑寂，只有清凉如水的月色笼罩着祥和温婉的大地。好像刚刚只是天空做了一场梦，而幼苗的遭遇只是噩梦里一个短小的片段！

这时候，那片紫色的茄子秧苗肃穆庄严地伫立在月色里，纹丝不动，如一个个看破红尘，参悟禅意，披着紫色袈裟的静定僧侣。月光里，我看见它们安然的微笑，战胜磨难的喜悦，一如那朵金黄色的花般灿烂。

这让我不禁想到在产卵期洄游的鲑鱼。

每年秋天至初冬，鲑鱼需要从生活的大海逆流而上，回到出生地产卵，繁衍后代。这是一条布满艰难险阻的征途，是为繁衍生息而不屈的归路，也是稍不留神便会粉身碎骨的末路。

汹涌的海浪拍击着它们弱小的身躯，使它们不得不在海浪中挣扎翻滚，游出两步就会被海浪打回一步，但它们依然抖擞精神继续前行；湍急的河流冲刷着它们，它们并肩而行共同战斗绝不放弃；数以万计的小瀑布如陡峭的石阶，它们拼尽全力跳跃而过；面对岸边等待它们的棕熊之口、捕鱼之网，它们不是不胆战心惊，只是它们坚守着最初的信念，从不动摇：游回出生地才能繁衍生息，哪怕粉身碎骨也在所不惜。

于是，它们便像哨兵坚守阵地，英雄守卫梦想一般，迎接生命的挑战，无畏而上。

这正是一条鲜活的生命该有的，一种逆流而上的姿态啊！

罗曼罗兰说：世界上只有一种英雄主义，那就是了解生命之后仍然热爱生命。

正如作家余华写的《活着》，主人公富贵，一生历经重重磨难，富家公子堕落烟瘾苦海、赌的家破人亡、突然被抓去充壮丁亲临枪林弹雨、尸横遍野、丧亲丧妻丧子，白发人送黑发人……在多灾多难的生命历程中，苦苦挣扎，活着是他唯一的光。

直到垂垂老矣，孤独一人，与田间的老牛为伴，却仍未失去对生命的敬重和热爱，还可以坐看云卷云舒，谈笑风生，"皇帝招我做女婿，路远迢迢我不去。"

现实中的很多人，如同主人公富贵，饱经沧桑之后已不惧怕死亡，但他们知道，活着，是对生命最高的敬重，是对现实的绝不妥协。

就像王小波在《青铜时代》里所说：永不妥协就是拒绝命运的安排，直到它回心转意，拿出我能接受的东西来！这亦是一种逆流而上的姿态，是对生命的无上尊重。

人生里的惊涛骇浪，戈壁险滩，沧海桑田，正如纤细稚嫩的秧苗面对的劲风，弱小鲑鱼的洄游逆旅。纵然布满艰难险阻，重重磨难，甚至穷途末路，但内心坚定不屈的信念，对生命中的困境绝不妥协，可以载我们披荆斩棘，降龙伏虎，踏过山河，最终触碰到生命最闪耀的光！

当生命走到尽头，只有时间不会撒谎。

追花香的人

正是槐花盛开的季节，漫山遍野弥漫着甜甜的清香。香味追着疾驰的车子直扑向我的鼻子，一时沉醉不知归路。夕阳的余晖洒在车子上，不得不眯着眼睛前行。

突然，路旁一对养蜂的老夫妻闯入我的视线，阳光下他们纯真的笑容，如孩童一般的纯净。让我不禁为之动容，停下车来，不远不近地观望。

几排蜂箱之中一块空地上，他们相并坐着矮凳。暖橙色柔和的阳光包裹在他们身上，有一种无言的温暖。黝黑的面庞上，洁白的牙齿如星子一般闪烁着。深深浅浅的皱纹随着他们聊天的话题起起伏伏，仿佛投一颗石子在一个平静的湖面上，泛起一圈圈涟漪。

面容里有一种罕见的云淡风轻，舒展的眉毛如一对无忧的少年，即使一身朴素的衣衫，满是岁月摩挲的痕迹，但在他们的脸上，看不出年龄，仿佛是被时光遗忘的净土上一对遁世修行的隐士。

想来，他们一生该是只在花开的地方修行，载着一车蜂箱，一路追寻花香，哪里花开，便停下来安家。

他们是无视流年无视时间的人，在他们的生命中，永远是姹紫嫣红的春天。

他们的世界里没有车水马龙的嘈杂，没有市井人群的喧嚣，仿佛除了他们两个，连一户邻居都是多余的。随着风捎来花开的讯息，他们一路追逐，直到遇见一处心满意足的风景，在郁郁葱葱的山脚，安营扎寨。

繁花似锦，大自然在他们面前织就一匹又一匹锦缎，这是他们的盛装，流云做他们的裙带，他们以茸茸的青草为床，以枝繁叶茂的树荫为被，以晨露洗面，以花香果腹，枕着涓涓溪水入睡，听着虫鸣鸟吟安眠。晚霞星斗是他们的座上客，春雨夏花是他们的忘年交，山涧溪水是他们倾诉的知音，大自然里一切美好的生灵是他们一生中最曼妙的风景。

眼前一对老夫妻，仿佛是活成了没有朝代的两个人。这里只有他们两个，和一群围绕着他们的蜜蜂，就足够了。笑靥如花的阿婆，像是织女下凡，因对牛郎的痴情，被王母惩罚。如若下到凡间便没有青春，只有衰老的容颜。但织女哪怕只与心心念念的郎君相守一日便老去，她亦甘之如饴。

守候她的牛郎，痴望着眼前两鬓如霜的爱人，满是深情，他坚定从容的眼神似乎在说，逝水流年，光阴不惧，无须凭吊昨日，无须憧憬明天，眼下足够温柔的黄昏，足以做他爱情的证据。

携一缕花香，扯一匹云裳，她就是他最美的新娘。

我好奇他们在谈论什么话题，何以笑得如此灿烂？那笑容如一朵初盛开的莲花，满是青春的痕迹。好像在述说着他们的青梅往事，或许他们生在包办婚姻的封建家族，父母的阻挠让相爱着的他们携手潜逃，从此他们只想在一起，无论走到哪里，有彼此的地方就是家。

他们因为足够相爱，不怕一路荆棘颠沛流离，不惧世事变幻风霜雪雨，只要时时刻刻相守在一起，他们愿意永远流放在莺飞草长的荒野，以树木花草为邻，以蜂鸟虫蚁为知己。

世间九丈的尘埃，扬撒不到他们这里，人事消长沧海桑田跟他们没有关系，他们只要眼前的清风白云，月上黄昏，木香鸟语，花开四季。

"淡然执手度清平，山盟不弃白发生"，该是他们对爱的信仰。共看潮起潮落，笑对沧海桑田，原来只要心中有爱，脸上便没有岁月的痕迹。

或许他们有着更加动人的故事，但是在这个静谧的黄昏里，看着他们四目相对灿烂如花，我不忍前去打探，害怕我的风尘满面惊扰他们不染纤尘的耳语。

无须拍上照片，无须刻意留念，他们灿若星河的笑容，已经像一幅篆刻，深深地印刻在我的心底。

灯光

小时候，家就是那个亮着橘红色灯光的地方。

放学后，常和一群顽童在野外玩耍，直到将暮未暮，火烧云染红了半边天，母亲的呼唤跃过一排排屋檐，穿过柳堤河岸，响彻整片原野。藏在草丛里昏昏欲睡的鸟雀闻声惊鸿而起，赶着羊群的牧民摇曳着奔流的云朵归家，山林里树叶摩挲着大地沙沙作响，我飞也似的赶在蝙蝠出洞染黑天空之前狂奔回家。

远远望去，一盏橘红色的灯光影绰着袅袅上升的炊烟，洇染着母亲一声声呼唤，心中顿时踏实下来，急切的步子放得舒缓。

月光如水笼罩着万籁俱寂的村庄，天边偶尔闪烁一抹亮光，雾气随之渐渐升腾，爬过妖娆的柳枝，弥漫墨色的远山，和泛着月光的鳞鳞屋瓦。村子里静谧如一池含苞待放的莲花，暗香随夜色涌动，仿佛听得见花开的声音。

临近院子，隔着轻薄的轩窗，看到母亲在灯光下忙碌的身影，心头霎时如一池柔波荡漾的春水，不由得生出融融的暖意。那灯光如一枚被岁月轻抚过的橘子，散发着暖暖柔柔的光泽，又像一个饱经沧桑却温柔如初的老者，看时光变幻，人事变迁，却风轻云淡，静定安然。

每每看到那灯光明亮如初，日日不变，心中便多了一份无惧岁月的踏实和从容。因为知道，无论何时，累了，永远有一处可以歇息的港湾。

长大后，像一叶小舟在人生的沧浪里跌跌撞撞，时常撞得头破血流。便喜欢在夜阑人静，走在无人的街头，看万家灯火，遥想远方的故乡。

有的灯光亮如白雪，映得屋内高档家具泛着寒光，想必是一家富人，屋主人该是过着锦绣琉璃般的无忧生活。也或许因为这光太过耀眼，缺少一点点温暖，所以偌大的空间显得有些冷清。

有的灯光暗如一抹萤火，逼仄的房间里看得到挤在厨房共备晚餐的忙碌身影，想必是一对不畏贫贱步入围城的情侣，在一方只属于他们的"城堡"中，如两个能工巧匠般，勤劳地织就着爱的羽衣。

灯火阑珊，街头如世事长河，人事消长，生生不息。历史向前奔涌，这不灭的灯光映照了多少对相爱情侣依偎的身影，隐藏了多少独自徘徊街头的寂寞灵魂，点亮了多少连夜奔赴的旅人归家之路。它不争不抢，不喧不闹，默默守护，让暗夜里的人们有了一丝光明，一点企盼。

物欲横流，多少次走到选择的渡口，雾失楼台，月迷津渡。就要在暗夜里迷失，彷徨无定，不知何去何从。走得太远，甚至忘记了归家的老路，在黑暗里挣扎，摸索，循着心里那一点光亮，才得以穿越眼前的暗夜。

那一点光亮就是内心的灯光，让我们在追逐的旅程中不至于迷失方向，那盏灯光，需要坚持和勇气保驾护航，才能越来越明亮。那盏灯，叫作最初的梦想，它时刻提醒着我：心安处即是吾乡。

凡心所向，素履以往

若是梦想在一场初雪的深处，我愿意月色提灯，素履以往，叩响它老旧的柴门。

一剪素月映着白雪，是我一颗初心的模样，雪地里一串脚印，是我虔诚地许下一个个愿。听到"嚓，嚓，嚓"的声响，那是梦想对我热切的呼唤。

当我听懂一深一浅的脚印，便听懂了内心的声音。

每个人内心深处都有一个寂静的花园，那里瀑声净耳，白露涤尘，云摇蒲扇，松风烹茶。

只是寻常日子里，常行走于声色犬马的碌碌红尘，名利缠身，欲望作茧，三十功名敲锣打鼓，八千里路风尘仆仆。难以觅得一心无累的良辰，静下来听听内心的声音，甚至任由自己沉溺在软红十丈无穷无尽的欲海里，戴着面具过着人云亦云煎煮沸腾的生活。

我们倾尽全力，在滔滔浊世披荆斩棘，只为追逐没有尽头的欲望，不惜身心疲惫，苟延残喘。用将就的态度应付热气腾腾的生活，用敷衍的姿态对待良辰美景的光阴，直到过上梦寐以求的生活，回头却惶恐地发现，我们曾因为埋头赶路错过那么多人生中最美的风景。

而所得到的，永远追不上日益增长的欲望。

于是，在某个静寂的夜晚，当一片飘零的银杏叶旋转着落到你案前，你讶异，昨天院子里的树刚抽出嫩芽，怎么只一夜之间，转眼就到了秋天？而镜子中忽地出现几根刺眼的白发，才使你惊觉，你奔忙的脚步已经错过太多季节的诗篇。

那一刹那，你同那片缠蜷的叶子一样，静在案上，静于一页泛黄的书签上，静在月色铺开的长卷上，静在时光的无涯里。

那一刻，你终于听到了来自内心的呼喊。

原来你所企盼的快乐是那样的简单，原来你想要的幸福根本无须拼命。你甚至来不及埋怨自己半生的追逐和荒废，便急着打扫掉数不清的欲望落叶。然后轻装起身，铺一席素简，净手，焚香，与过去一一告别，同清晨的阳光一起拥抱今天。

此刻，你早已被内心的轻松和雀跃感动，明明看似一无所有，却对生活重新燃起那样沸腾的一腔热情，明明一身素衣，竹杖芒鞋，却清风荡袖，步轻胜马！

你内心深处的花园，阳光温暖，雨露正酣，你像一头觅食而归满足的驯鹿，踩着晶莹的露水，沐浴着阳光穿过香樟树的斑驳。你的身边，篱笆上的花在静悄悄地开着，开出一句句《诗经》里的句子。树影轻轻落在你的身上，像来自大自然的亲吻，令你那般舒畅，瞬间治愈了所有的彷徨，结痂了所有的忧伤。

你索性仰躺在木阶上的花影里，清风拂面，月色浇衣。蝴蝶栖在你柔软的手心上，内心欢快的音符谱出一曲云水谣。

朝着你内心呼唤的方向，你哼着歌，素履以往。

往事提着灯笼，照见一场花事

"往事"，是一本泛黄的古籍，寻常日子里，你翻了又翻，看了又看，将光阴在一行行诗上，抚摸出清润的水泽；将诗里一个美得惊心动魄的字，抚摸出一缕花香；将一声声赶来送信的蹄音，抚摸成诗中的韵脚。

而你，在手指掠过书页的刹那，时光关上门，你忽地回头，循着往事提着的灯笼，照见一场花事。

往事，是印着你脚印的一条路，任你随时回头，它永远静静地在你身后张望着你的背影，恍若一双目光灼灼的双眼，你一回眸，总有宛如初见的心动。

春风如弦，拨动着你眼角的细纹，漾出一圈圈浅浅盈盈的涟漪，是你笑靥如花开在春天。一条条荡漾的纹路里，是月色作词笔一笔一画记录着你的青梅旧事，你的山河故人。而只一个眼神，你便与曾经擦肩的他们一一相认。

往事，是一封很长很长的信笺，一字一句是思念铺阶，你沿着过往的时光踏着碎步拾阶而上，每个标点符号都是一位旧相识，每句情深义重的话语都是一段刻骨铭心的故事，每段华丽的俳句都是一段美好的年华。

而落款，是今时明月，映着一池春水，映着你顾盼生辉的倩影，映着你浅笑盈盈一回眸。旧时诗句仍念念在唇，轻轻落在水波纹里，撕碎了月色，你的思绪坠在水里，湿湿润润，在心尖上，生出斑驳的苔藓来。

往事，亦是你曾经痴爱的，如今压在箱底那件不再合身的旗袍。你曾用春雨秋风作丝线，一针一线在这件旗袍上行走着细密的针脚，每一针里都有你胸口满腔的热，每一线上，都系着你从岁月深处款款走来的深情。

你将心心念念的那个人的眉眼缝作领口最珍重的盘花扣，像你对他的爱恋，痴缠在离心口最近的位置。

你将写给他的情诗绣作胸前的暗花，任时光惊心动魄地游走，那首诗里的字句像他的心跳，跃动在你的胸口，如小溪跳鹿，有呦呦鹿鸣自你心底跳出来。

你将曾经那一双让人艳羡的背影，缝作贴近脚踝的裙摆，之后你走的每一步，光阴柔软，岁月生香。

如果说，往事是一个时光机，可以走回从前任一时刻，那么你曾经热望的眼神，是彼时天边的一弯彩虹，将往事铺展开的宣纸挥毫至斑斓。

你沿着几点淡墨款款地走，走到二十四桥明月，走到江南烟雨画桥，走到春水初生的幽静地，折一枝新翠的草芽，做手中摇转的经幡，唇间痴痴念念着他的名字。

恍然间看到有一行白鹭悠然飞起，在烟波浩渺的湖面，也在你的心上。

从前慢

初次读到木心先生的一首小诗《从前慢》，内心被深深触动。"从前的日色变得慢，车，马，邮件都慢，一生只够爱一个人……"不觉间，整个人仿佛静到一幅古画里，静到苍茫的旷野里，内心被一股暖流包围，生出一种无言而喻的感动。

仿佛听到有赶来送信的嗒嗒马蹄，一封情笺，一封家书，或是一枚玉佩，一个刺绣的香囊，从久远的年代出发，一路吟诵着唐诗宋词，快马加鞭赶来。

从前慢。

从前的日色变得慢。一个人坐在半山坡一整个下午，会感觉把时光坐老了，坐旧了。看到远方牧羊人有意无意地摇晃着牧鞭，羊群里的铃声悠扬旷远，仿佛看到丝绸之路上成排的驼队，驮着两千多年的历史向一片荒无中走去，只留下耳畔空幽的驼铃久久回响。

山巅的霞一圈一圈研着浓墨，天空铺开一方宣纸，霞光云影提笔挥毫，一笔一画里有乾坤朗朗，一起一落是锦缎霓裳。

而你看着，看着，也被画入画中去，恍然坐在一本古籍里，任清凉的风轻轻地吹。

从前的樱花落得慢，一个人坐在树下，一坐就是一天。看春风过，花瓣留恋着枝丫，写着一封又一封长信告别，等鸟鸣提香，盖上邮戳，它们才安心地落入泥土。叶片渐渐缠蜷，收拾着一页页未完成的诗稿，光影斑驳着心事，花香萦绕不去。

落入溪涧，一片随着一片，飘飘荡荡远随流水香。一片片花瓣是赶去送信的小舟，载着春天里许下的愿，跌跌荡荡，一路逆风而行，送到天边，送到海洋。

从前的雪落得慢。看着窗前的枯枝，一片一片数着雪花，仿佛与千山暮雪赶来的故人一一相认，霎时，梅花抽出芽苞，开出一捧香来。

一个素瓶，静静地立在墙角，好像只是为了等一场初雪到来，落进瓶里，酿成一杯往事的酒。

一场初雪踏着声声木鱼赶来，轻轻的脚印落在月光铺开的一张素帛上，仿佛是三百年前仓央嘉措深夜走回布达拉宫的脚步，清寂中有着桀骜不驯的凛冽。

庭前松风响梵音，花影摇篱落，你伫立在窗前，看着雪花飘飘洒洒，落在青灰色的屋檐上，落在你翻开的书页里，落在你玲珑的心尖上。

而你一动不动，只是那么任风吹，任雪落，像在听一段与己无关的老故事，心寂如雪。

从前慢，车，马，邮件都慢。你穷尽一生的时光只够写几封长信，只够爱一个人。从枝丫抽新绿走到月色浇荷塘，从摇落岁时秋走到木窗含初雪，每一步都是深情款款地走着，每一天都怀抱花香地爱着。

如今，你沉寂地坐下来，才看到，原来樱花不是一夜开尽的，叶子不是一天变红的，春夏秋冬，时光的脚步一直没有变，只是你匆忙的脚步，掩盖了雪落的声音。你因追逐物欲而日渐浮躁的心，难以静下来看秋风一笔一画染红叶子，难以听到鸟鸣衔流水的天籁。

但一颗素心，便是一张回到"从前慢"的车票，你一身裳衣，清风荡袖，站在清晨的露水里，人间空明，四野澄澈。你会看到篱笆上的野蔷薇一步一步悠然地向上爬着，风轻轻地吹着，花慢慢地开着。

看取莲花净，应知不染心

喜欢"净"这个字，好似一把拂尘，拂尽眼前、身上的种种尘埃，一下子气清景明，山高海阔，心旷神怡。

仿佛看见一场初雨后大地上新生的草芽，新绿如洗，纤尘不染；像一片金黄的银杏叶上新起的微霜，凉凉润润，楚楚动人；像盛夏清晨车前草身上的一颗露水，晶莹剔透，初睁睡眼。

一个"净"字，是你净手焚香，端坐案前，腾空心中所有的欲望，满目水泽，一缕轻烟萦绕眉眼，一抹春色染红脸颊，而你只是对着净瓶中的一根枯枝发着呆。

一根枯枝上仿佛落一山的空无，一山的空，淹没你所有起伏的情绪，静如秋水。你在痴痴地等，等春天的雨落满枝诗眼，等夏天的风摇落叶子，然后在枯枝上生出嫩芽。有清风卷帘，荷香推窗进屋，你笑意相迎，寂静落座，两两不语。

一个"净"字，是褪去繁华与浮夸，留满心素简，独坐幽篁里，闻丝竹抚琴，声声悦耳。风摇竹铃牵着你的手，走在斑驳的暗香疏影里，光阴以细密的针脚在你一身清风衣上穿针引线，将鱼衔的花影缝作你领口的琵琶扣，将溪涧淙淙缝作你裙摆下的紫流苏，将一朵朵绵软软的云缝在你衣襟，你循着竹林里的琴声款款而来。

一碗茶香，一碗花凉，与你似曾相识，仿佛在此等你多年。似有古人的诗在此迷路，风过竹响，千年前的马蹄嗒嗒而来。此时树影婆娑似一匹匹光阴的白马，载着千年前的诗人一一落座，好似山河故人千山暮雪特地赶来与你相认。

一个"净"字，亦是一片薄薄的月色，清清凉凉，不惊不扰。卸下白日里表演的浓妆，脱下大千世界五彩斑斓的戏服，只留一颗素心，一袭素衣，然后静悄悄地来到你翻开的一卷诗里落座，你们眼波流转，脉脉情深，却寂寂不语。

你安然地抚摸着落在字迹上的白月光，指尖捻出一行行诗句，然后在你泛黄的书签上，开出一朵朵花的香。

若是一片月色恰巧落在东篱下一片落叶的薄霜之上，时光会凝滞成一幅工笔画，玉兰坠露研墨，秋菊落英提笔，几条素简的线条，便将流年画静，将岁月画老。

读孟浩然一句"看取莲花净，应知不染心"，方知一个"净"字，便是一间禅房。

曲径通幽，深山寻隐，一缕薄雾引路，听闻木鱼笃笃作响，林间草木俯耳倾听。忽地一抬头，轻烟袅袅，萦绕着一座被时光遗忘的古刹，片片青灰色的屋瓦好似收容着草木的灵魂。

这一间禅房，是世间万物涤尽尘劳的本真模样，车马喧嚣无法企及，人声鼎沸到此岑寂，疲惫的心灵在这里得到抚慰。一个"净"字，是禅房的一道柴门，一颗不染心是门前日夜萤动的烛火，等着风雪夜归人。

然后任门外猛虎奔走，你自在门内细嗅蔷薇。

这一个"净"，是开在世间出淤泥而不染的一朵莲花，是南山一把种豆的锄头，是天阶月色凉如水，是东坡一首无关风月的词，是一条返璞归真的绿荫小径。

而你，竹杖芒鞋，一蓑烟雨，自在洒然如猎猎风响，静静地走在这条小径上，走着走着，便走到了曲径通幽处，走到禅房花木深。

第三辑　写一行春风送给你

春如旧，人空瘦

雪小禅在她的《惜君如常》里写到"年轻时不懂爱情，轻易挥别，别时容易，却再也见不到了。"

是的，也正因此，记忆里关于你，那浓墨重彩的一笔，成了我回忆里最绚烂的底色。

你曾对我说："我喜欢的样子你都有！弱水三千，我只取一瓢饮。"

青春里的爱情，是懵懂的，是纯洁的，是炙热的，是旁若无人的你侬我侬，是不计未来的誓死相依，是歇斯底里的撕心裂肺，也是阡陌红尘里刻骨铭心的分离。

相拥于陌路，相忘于江湖。

谁的青春里没有过一段刻骨铭心的爱情呢？

哪一对少男少女，不曾依偎在绚丽的烟花下做着锦绣琉璃的梦？

犹记得那年冬天，候鸟早已迁徙到了温暖的地方，相爱的我们却仍踟蹰在寒风袭人的雪地里不愿分别，哪怕只是一个夜晚那么长，也如千亿年的光阴难以消磨。

于是，在电话线里你侬我侬耳鬓厮磨，说着不知所云的话，只是听着你的声音，寒冷的房间里身子就暖了，黑夜里的星空就亮了。

白色的情人节，是发誓至死不渝的爱人间重要的节日。你捧着99朵白玫瑰，和一个粉红色蕾丝花边的心形盒子，笑意盈盈地朝我款款走来，羞红脸的少年，用紧张到颤抖的双手，把礼物塞到我怀里。

顿时，我胸口如小鹿乱撞，大脑空白，呼吸停滞，时间定格在那一刻，空气凝结！然后，像慌乱的羊，害羞至极地跑回房间。

心脏像热水里的青蛙，疯狂乱跳！仿佛就要从喉咙里蹦出来。颤抖地拆开那个极其好看的盒子，是521只五颜六色手叠千纸鹤围成一圈心型，如彩虹一般。中间一条雪白的丝巾，下边是一封粉红色的信笺！

手写的长信，将读信的我，心揪得紧紧的！两个人的往昔疾风骤雨般冲进思绪，热泪滚滚而出，内心的强烈情感像火炉上鸣叫的水壶，按捺不住，沸腾，迸发！泪流满面！

我在心里暗暗发誓，天可崩，地可裂，至死只爱此一人。

隔天是我的生日。一夜无眠，眼泪那么一直流着。是爱得太满而溢出的泪。

你我两人执手一夜，爱意盈盈相看泪眼，竟无语凝噎。

朝阳踏破层层叠叠的云海滚滚而出，守望的情人仍相对无言。只是，我的手上多了一枚戒指，那是你悄悄戴在我无名指上。你的手握得更紧了。仿佛要将自己的血与肉，骨骼与灵魂，统统装进那枚小小的圆圈，揉进我生命里。

"你侬我侬，忒煞情多，情多处，热如火。把一块泥，捻一个你，塑一个我。将咱两个，一齐打破，用水调和。再捻一个你，再塑一个我。我泥中有你，你泥中有我。与你生同一个衾，死同一个椁。"

我们本来早已爱得如同一人。戒指上是你刻的我的名字，和你坚贞不渝的爱。我不自觉把手握得更紧，好像将一生的幸福全部握在了手里。

你像个做错事的孩子对我说："谢谢你等我！"而我希望时间就停滞在这一刻，永远不要前进。前路漫漫，有那么多不可预料的未知，我只想要这一刻，永恒……

可再美的爱情终还是敌不过时间。因这两颗急切在一起的心，时间显得分外悠长！我需要等你三年。无数个风雨交加的夜晚，独自面对电闪雷鸣的漫漫长夜，我开始害怕守候，厌倦等待！

漆黑的夜，淅沥的雨！叹息着离别。

我想，或许我需要的不再是刻骨铭心的爱情，而是一份踏实的陪伴，写上你姓氏的笃定。而我等待的那些，终究太遥远，太慢了，我等不起。我想，刻骨铭心的爱也终会被时间这把最无情的刻刀，蚀了骨，空了心吧！

便手写一封信，和你告别！笔尖落处，无不是我簌簌泪下！

往昔相知深爱的画面沿着笔尖攀缘而上至我血管，进我心间，像一根藤，紧紧地盘踞着我的身体，至我呼吸急促，思绪混乱，一个个片段在回忆里火热地翻滚，剧烈地撞击着我的胸口！

我记得那年夏日，烟雨蒙蒙的丽江，古老的房子隽永如我们的爱情！青灰色的石板路上光亮如镜，像你我纯净的心。你左臂将我紧紧拥在怀里，你说那样离你的心脏最近！右手撑着伞，全撑在我头上。我们一句话也没说，因为眼睛里无时不在说着最真切的情话。

偌大的古城里，仿佛四下无人，我听不见别人的声音，眼睛里全是你！好像整个古城里只有我们，整个世界，也只有我们！你扯下白衬衫上第二粒扣子塞到一个信封里，那里装着我们手写的心愿，顶着细雨，你郑重地把它们系在许愿树上。

许愿笺上刻着我们相守一生的誓言！

我也记得，因为我爱爬山，并不好动的你陪我爬过许多我喜欢的山，一起等待日出！有一次徒步9个小时，夜爬泰山，经过倾角80度，1827阶的十八盘的时候正是深夜，几乎看不到脚下窄窄的石阶。为了缓解我紧张的心境，你故作轻松地给我讲笑话，那是我听过的最笨拙的笑话，但依然被你刻意的傻笑逗得乐不可支！

一鼓作气直到山顶，"一览众山小"的刺骨寒风中，我们相偎在观日石上等待日出！不远处玉皇顶的晨钟，似一曲空灵幽远的绝唱，让万物灵动起来！像绵软软的风吹皱了湖面，也拂动着我的波心！我跳脱到精神的荒野里四望，周遭好似空无一人，不，此刻全世界只有我们二人！"万籁此俱寂，但余钟磬音"！

116

天边渐渐晕染出一道鱼肚白，像一条长长的翡翠腰带系在山头！蜿蜒着我长长的遐想！慢慢变成粉色、橙色的霞，一圈圈散落在天际，此刻的天空像一幅中世纪的壁画，有被岁月抚摸的色泽，美得惊心动魄！

我们不敢说话，甚至不敢眨眼，屏住呼吸般地等待着……终于，涨红脸的太阳像以露为酒贪杯的"李白"，微醺着露出头来！又像待嫁的新娘，掀卷着红盖头害羞地遮遮掩掩！"日出雾露馀，青松如膏沐"。眼前的大地，山峦在橘红色的日光里露出了辽阔巍峨的真面目，我们惊叹"泰山凌绝顶"！

不约而同地四目相对，迎着第一缕日光，以清风为证，以晨露为盟，你郑重地轻吻在我额头！好似一个承诺：你的爱如眼前这日出一样日日不息，恒久不变，天上人间，千年万年！

我当然也记得，直到要与你分别，我仍那么爱你，多么美好的你啊！像春天里最灵动的燕子，像夏日雨后荷塘里含苞待放的花骨朵儿，像朱自清笔下清凉如水的月色，像四月里轻悄悄的暖风，像喜马拉雅山顶最圣洁的白雪！

我用尽一切美好的词汇，也抵不上你的万分之一！可我终究没能抵挡住俗世的目光，终于是放弃了你！

如果说"曾经沧海难为水，除却巫山不是云"，那么我多希望，"人生若只如初见"，我们，永远停留在初见！

捻一朵樱花共舞，舞一曲风月情长

清风徐徐，满树的樱花零落飘撒，一簇簇燃烧的火焰，赶赴一场前世的约定，飞蛾扑火般跌入泥土的怀抱！曲终人散，以樱花一段绝美的曼舞殉葬！我亦知：它非红尘富贵花，只是人间惆怅客！

它不要温山软水，只许风月情长！若你中有我，我中有你，它甘愿成泥！

云意氤氲，雨意迷离，空气里弥漫着薄荷的清凉。树香沁鼻，润碧湿翠，苍苍交叠的山影，却远不及许一朵樱花如你，化作春泥！

隐匿在积云之后，森冷的月光，将满院的凄寒浸在凉凉的回忆里！

樱花啊樱花！

你以为，敢在时光里自焚，必在永恒里结晶！你以为，那是一张用甜蜜编织的情网，却发现童话中的人鱼并不存在，你可知爱情如水，再密的网也网不住一滴湛蓝！

你等的是星光，却只等来情殇！

我与你又有何分别？皆是阡陌路上红尘客，看尘埃风雪都有情！

常以大地做温床，以月光缝衣裳！听疏雨滴梧桐，滴穿的却不是梧桐；听骤雨打荷叶，打碎的却是如花清梦！

看半空晚霞，却山高水远；看一夜星斗，似前尘隔海！

我与你一样，看四季生生不息，却只能随枯随荣！

樱花，多美的满树樱花！每一片花瓣都是一纸情书，写满有情字，却盛不下相思！

就在这樱花树下，我曾以飞蛾扑火的姿态扑向你，你亦如大地一般，拥我入怀！那好似将彼此揉碎的拥抱，好似将你融于我骨里、我融于你血里的拥抱，那令人窒息的拥抱！

你许我江山如意白发如霜必护我周全！我许你哪怕金钗换酒一身风沙定陪你不弃！

但那以樱花为盟紧紧的拥抱，却已随樱花殉葬！樱花为了春泥，而它呢？

顿时，凄风冷雨，花落满地！我扑向沾满花香的泥土，却只见到一地爱情的腐尸！

俯首拾起一片片花瓣，寻一丝丝莺声燕语，怎奈关山阻隔，长空万里！

那一簇簇火焰，像一滴滴凝固的血！

轻风一曲，细雨如泣！樱花如泥，残荷听雨！

我心头的无尽呼唤，像喊破苍穹的号角，了无回音！

只得捻一朵樱花共舞，舞一曲风月情长！

幽幽天际，婉转空灵！渺渺烟云，尘埃回响！

我听闻"春如旧，人空瘦，泪痕红浥鲛绡透"。

此情已是"樱花落，闲池阁。山盟虽在，锦书难托"。

我问那樱花满地：

你可否不赴春泥的归期，不要碾落成泥？

你可否贪恋一次月朗星稀，在此时此地？

你可否穿上金盔铁甲，任凭风吹雨打？

你可否如浴火的凤雏而不是枯藤上的鸦族！

你定要记得"东风恶，欢情薄。一怀愁绪，几年离索。错、错、错"。

你可知飘零而落，化为春泥的，不是燃烧满树的樱花，而是消得人憔悴的爱情！

曲曲折折无定路，山高水远，百转千回。

又见一年花开满树！

惊觉相思不露，原来只因入骨！

穿一身月光，与你相见

偶然间看到一段话，眼睛停留在"与你相见"这四个字上，挪不开，像蜜蜂贪恋一朵花的香，钻进花蕊，像一个温暖的茧，迫不及待扎进去细细体会其中的美意。

"与你相见"，多美的字，像一首诗的开端。

因为"与你相见"，笔尖走纸，沙沙落雨，雨滴成诗，开成花，落在纸上是松风流成泉、篱笆痴花影，是你风度翩翩向我走来，眉间生清风，衣襟别着花。

我想在一张空白的宣纸上与你相见。

当我们各捧一颗素心惊鸿相遇，回头看身后的两串脚印，刻成两句诗行。于是，我们在一行诗上落座，摘一颗星星盖上印章，以眼波流转研墨，为诗作画。

画一间茅屋，围一圈竹篱笆，炊烟袅袅，闻得到茶香。种满院的菊花，只为以花瓣作盏，盛一杯秋霜煮白露，畅意对饮。院子里养几只悠闲的鸡鸭作花农，帮我们衔起一颗颗花籽，肚子里装满诗。

看它们自在的脚印儿印在土地上，是在忙着种诗。

如果与你相见在春天，我要用粉妆玉琢的樱花铺满你的来路，摘一朵花作邮差，用花香将我寄到你的地址。你挽起我的手时，一阵清风吹过，花瓣在空中起舞，转而落在我发间，映红我娇羞的脸，你笑靥如花。

我将你一声声呢喃织成丝线，将摇曳满地的花影一一拾起，为你缝一件柔软贴身的衣裳。裁剪一缕身旁萦绕的花香，缝成香囊，装一包花好月圆挂在你身上。

如果与你相见在秋天，要在清凉如洗的月夜，夜色铺满金黄的稻田，像一袭柔软的温床。朦胧的远山是一排护卫，守候我们纸短情长。

我要披一身月光，与你相见，皎洁明亮的月光会让你看清我心底最柔软的地方。我们一起坐到田边，看远山如黛，层林尽染，凉月生白露为水草懒梳妆，清风拂花影为星空裁衣裳。听蛙声拂琴弦，月色开木窗，农家的风铃吟哦着《诗经》。

我柳眼梅腮依偎在你身旁，你满眼盛星光，两袖盈满稻花香，蒲扇轻摇，煮一壶月色暖人肠。

我最想在初雪时分，怀一颗不染纤尘的初心与你相见。雪落时，万籁俱寂，仿佛世界上只有我们两个人。耳畔塞满我小兔乱撞的心跳声，我站在一棵开满梅花的树下等你，一片血红的花瓣落在白雪里，是为我送信给你，它多像我心里那颗绯红的朱砂痣，那朱砂痣是你。我羞红的脸像一朵含苞待放的花骨朵儿，你踏着一片片雪走来时，花都开了。

你拾枝生火，我以一朵冬梅为炉，接半杯雪，熬成酒，你侬我侬。热烈的火苗在窜动，燃烧着我们满腔情愫。

我们手牵手仰躺在绵软软的雪地里，仿佛在一张素纸上画上我们一双璧影。漫天的飞雪落在身上，我接一片雪花许下愿望，以天地日月为证，以雪落梅香为凭，往后余生，且行且惜，只言深情，不道离殇。

当蔷薇爬满我望向你的窗口

一个望向你的窗口，若爬满蔷薇，会美若往事。会看得清时光细碎的脚步，一步一步攀缘而上，像在许一个个小小的愿，是一寸一寸的思念；像在写一封长长的信笺，一笔一画尽是温暖。

伸长的触角是探寻着你走来的讯息，望向每一个春天的路口，而我只是站在窗前，静静地等，等你抱着花香，推开月色，款款而来。

我守着一个窗口，望向你来时的路。路旁蛙声四起，稻香如醉，荷风踏着绿油油的麦浪舞蹈，萤虫为迷路的彩蝶提灯引路，有云携着一把古琴走在路上，流水作弦，弦音淙淙如有旧时月色浇衣，泼洒满地的往事。

顿时我胸口似有一行白鹭飞起，煽动着翅膀拾捡起旧时月色，塞入写满往事的诗册，指尖有小溪跳鹿，扉页写着你的名字。

一个望向你的窗口，便是一本诗集的扉页。盼望着翻开每一页，都写着关于你的诗句。

时光摊开一方素帛，流云研墨，清风写诗。你是春水初生的青青草芽，你是荷香穿针引线缝织的轻纱，你是秋风吹起的白露兼葭，你是映着月光的片片白雪，把岁月的青丝染成白发。

我在窗下洒满蔷薇的种子，也撒在心底。我细数着光阴，等着它们一寸寸爬满我守望你的窗口。有花影拾阶而上，似你蹁跹的步履，因我窗口的蔷薇已开到荼蘼，牵绊住你的影。

我在窗口放一只净瓶，插一根枯枝，等春风十里捎来你的讯息，在我的枝上抽出嫩绿的芽苞，似我萌动的心跳；等深夜一场初雪纷纷而落，在我的枝上开出一捧捧梅香，似我烹茶的红袖；等月色如银，清夜无尘，露水一一落座，邀来满山知音，为你烹一壶往事的淡茶。

我在窗口，放一只青花瓷的碗，等着月移山影到窗前，携来松风盛水，映出你来时的身影。等着蔷影踏着东篱赶来，我熬一碗花影粥，暖你一路风寒。我等着云朵落下轻轻的脚步，鸟鸣衔来流水声，为你煮一碗云水谣。

如若你悄悄赶来，会看到我一直守在窗口，看着案上的枯枝发呆。我看到这根枯枝上，有你俊俏如云的额头，有你盛满水泽的眉眼，有你播种诗歌的脚印，有你呦呦鹿鸣般狂乱的心跳。

等到蔷薇爬满我望向你的窗口，世界都有了美好的模样，云朵被染成了粉红色，星星眨着眼摘着花影，菡萏初放，月色柔软，清风拂过两丛竹，静室洇染一炉香。

我盼望着你会在这样一个明月夜，走过江南的二十四桥，同窗前的蔷影一起落在案前我翻开的诗卷上。恍若你是从千年前的大唐一路拾捡着花籽而来，早已在每一首诗的韵脚上围好了花影篱笆，只为了与我相见时，我们可以在一首诗里烹茶煮酒，落户安家。

一弦痴一月，一生痴一人

曾经写下一个小小的愿："愿一生做个痴人，以笔端修篱种菊，以书香俗世围屏"。

一个"痴"，恍若悄悄地打开了一扇门，随手又关上了一扇门，鲜衣怒马闯不进来，只有前朝嗒嗒马蹄的清音来送信，展信是从前慢，日色慢，声声慢。

又仿佛一下子退到一个茧里，于纷繁俗世截取了一段纯净无染的时光，外面的一切都与我无关。

这个茧里有清风修篱，流水种菊，有书香围屏，月光研磨，有花影写诗，空山衔松子来添砚中水。

我用一颗痴心，养着好墨，等虫鸣鸟吟提笔，泼墨是一幅春卷，有春雪携梅潜逃，有花香开在枝上。等闲鸡野鸭迈着碎步在我摊开的宣纸上写诗，月色浇花，在纸上开成步步生香的韵脚。

一个"痴"，是一件精美旗袍上的盘花扣，你静静抚摸着，听得到它娓娓道来光阴的故事，故事里有一份痴念。

是一笔对一画组成一个字的痴，是一人对壁影怀想一双人的痴，是低开衩的裙摆对摇曳生姿的步履生起一份痴。

一个"痴"，是一条绿荫小径，是一双温柔的手，牵着你远离凡尘，走到内心的桃花源，走到空山白云里访幽寻隐。即便寻隐者不遇，但已然被山的深，雾的浓，松风摇铃深深吸引。

是山花痴野径，溪涧痴深谷，是泉水痴鹿鸣，车前草身上的露水痴迷着你浅浅的脚印。

一个"痴"，是"野径云俱黑，江船火独明"里独自闪烁的烛火，那么孤绝地站在猎猎风中，不为劲风所动，依然窜动着温暖而热烈的火苗。像是痴痴地在等一个人，风尘仆仆从前世赶来，你知道他定会在雪夜抵达，所以早早燃好了一捧炉火，照亮他来时的路，等着他叩响你虚掩的柴门。

一个"痴"亦是一个词牌名，你循着一滴滴墨香可以走到千年前的唐宋。在你快马加鞭赶去的路上，可以看到长亭短亭里有吟诗作赋，把酒言欢的诗人。

你也会忍不住举杯邀明月，开怀畅饮，管他三十功名，管他八千里路，尽管一醉方休，不负花好月圆。

纵使喝醉了，迷路了，也没有关系，自有一首诗为你引路，抵达春风途经的路口。

忽地想起《匠人匠心·齐白石自述》里所记，齐白石先生对画的痴，让人动容。他自幼痴迷于画，一根小木棍，在院子里画出了鸟雀谱曲，日月作弦；画出了远山衔月，清风送信；画出了天高海阔，朗朗乾坤。也画出了他的灵魂与手中的一笔一墨融为一体的空灵悠远，浑然天成。

有一颗痴心，在一幅画里可见自己，见天地，见众生。也在一幅画里可以走到"无我相、无人相、无众生相、无寿者相"的大境界里去。

然后，身体的骨骼化作一幅画里的山，血与肉化作满地红彤彤的浆果，双眼化作一尾鱼，衔走光阴的影。思绪化作竹林里的清风，灵魂化作林间涓涓流淌的溪涧。

世界化成空，他的神早已存在于画中的每个角落。

而我的"痴"，是以落花为楫，摇时光之舟，退到一页古籍里停顿半天，直到岁月的旧风将我风干成一枚泛黄的书签，我亦甘之如饴；是以清风作岸，月光织衫，退到一行诗上坐一整天，直到你从另一端款款走来，与我相认，我轻轻画好句号，与你在一行诗上落户安家。

痴一弦一月，痴一草一木；痴你含情脉脉，双瞳剪水；痴你韶华当时，也痴你尘满面，鬓如霜。

而最令我痴迷的，是有你的每一天。每一天中的每一片光阴，每一片光阴里每一缕清风。每一缕清风里都有你与岁月相宜静好的模样。

你的模样，阔别经年，依然是我心头的一首诗，令我痴痴怀想，念念在唇。

穿一首诗，等花开，等君来

一首诗，是春天野地里初生的草芽，是夏天庭前的一缕松风，是秋天撰写光阴故事的落叶，是冬天携着梅香摇响风铃的初雪。

仿佛用尽所有的形容词，也无法形容一首诗的美。而穿着一袭旗袍的女子，恍若是从一首诗中款款走来，眉间养着一朵云，眸间蓄满水泽，衣襟别着花，美得像一串形容词。

在一个繁华商场里，遇到过一家旗袍店。四周皆是现代化时尚的代名词，忽地行至一处，恍然不小心踩上时光机，回到了民国。

古色古香的装潢，在偌大的商场里显得格格不入，仿佛是从一卷古籍里跑出来的字幻化而成，又像是一位千年前的诗人行经到此，被哪个身着旗袍的女子一首筝曲迷惑，再挪不开步。

踏入店门，屏风处是一枝枯藤，像一位老者，安然地坐在那，娓娓道来光阴的故事，是一个女子与旗袍的故事。那一枝枯藤，也像一道门，以旗袍于俗世围屏，门里是云水禅心，声声慢，门外是风过人海，百花开。

脚步不由得放轻，放缓，仿佛是害怕惊醒一场花事，惊醒一朵醉卧在溪石上的云，惊醒静夜酣睡的露水。又仿佛是走在一把古琴上，脚下有弦音淙淙流淌，一步一深情，一步一欢喜。

指尖抚摸着一件件旗袍，像在翻看着一本本诗册，被古人藏进纹理中的故事沿着我的手指，攀缘而上，走进心里，爬上眉梢。恍若是我心中蓄着一池春水，耳畔盈着玉兰坠露，跨过千山暮雪特地赶来，与阔别经年的山河故人一一相认，肺腑间的动荡顷刻间竟濡湿了眼眶。

棉质的，像秋日天空掉下的一朵云，旷达而自由，与岁月坦荡相见；

像一颗少女的素心，简约中，养着一团无拘无束，自在柔软的时光；是一壶青梅煮酒，煮一段青春韶华，一首缠绵山歌，品味着涩涩的香甜；也是一本上了锁的日记，里边锁着对一个人蠢蠢欲动的情意。

丝质的，像空山里的一湾溪水，湿湿滑滑，凉凉润润；像一首婉约的曲子，千般情义，百转柔肠；是秦观的一首"鹊桥仙"，或是汤显祖的一曲"牡丹亭"，是一句"明日落红应满径"的深情感叹；也是清风摇落岁时秋，稻香踏着月色赶来，挑亮往事的炉火，你与一首诗朗朗相照。

正恍然间，店主来迎，一抬头，便惊鸿。是一位已到了知非之年的女人，穿着一袭棕红色带暗花的长款低开衩旗袍，素雅端庄，风姿绰约，像一首耐人寻味的云水谣。领口的琵琶扣似一把光阴的锁，锁着一种温润又孤绝的情愫，锁着一屋子的老故事。

她的身上分明是穿着一首诗啊！

她的脸上虽然有被岁月抚摸的痕迹，但是微微上扬的嘴角仿佛衔来了一片白月光，映着眉间的一池莲，眼波流转满是与岁月美好相见的温柔，那么静美安然，那么风轻云淡。

恍然觉得这个人定是曾经见过，有一种似曾相识的感觉，但又想不出是在哪里见过。

是在东坡的一首词里吗？"花褪残红青杏小。燕子飞时，绿水人家绕。枝上柳绵吹又少。天涯何处无芳草。

墙里秋千墙外道。墙外行人，墙里佳人笑。笑渐不闻声渐悄。多情却被无情恼。"

一定是的，柳眼眉腮的佳人身着一款绣着红杏的旗袍，手摇团扇，有意无意地打着秋千。羞红的脸颊，分明是在思念着一个人，那缠缠绵绵的情意和着浅笑盈盈的笑声，牵动了墙外词人的思绪……

原来她是活在一首词里的人！她一直站在词牌里，抚摸着一件件旗袍，在一件件旗袍里与过往的光阴重逢。

我猜想她的内心定是有一份执着，才能如此身过人海不染尘埃地静守一屋子旗袍，仿佛门外世界的千姿百媚都与她无关，她只宁静如莲地站在时光住处，内心的云烟在清风篱笆旁自在舒卷，仿佛在守候着初雪夜的一缕梅香，和铭刻心底的一段旧时光。

那旧时光里有着不敢轻触的美好，有一个不敢轻易提及的人，纵然岁月如梭，流年似水，她笑对风月，无尤无怨。只因那旧时光里有一处任她独自修篱种菊的桃花源，园里种着一首首诗，她只管静静守候着，自有流水犁田，春风锄草，鸟鸣研墨，月色挥毫，提笔是一草一木的风花雪月，落笔是一碗一筷的烟火深情。

她亭亭净植地站在落款处，穿着一身如诗般素美的旗袍，等月盖邮戳，等春风送信，等花开，等君来。

一半长相思，一半自难忘

每一天，光阴会以晨露暮霭，清风流水为墨，为我写着一封长长的信，它用一天之中的月初日落，黑夜白昼告诉我，人的一生也当如此，凡事留半，方为最美。

花半开时如舞娘吟诗，令人陶醉。

荷风满池塘的夜晚，看荷叶田田，绿裙婉扬，月色浇灌着花骨朵儿，含苞待放，娉娉婷婷。有的荷花已经敞开胸怀洒脱地绽放，不留余地，美得肆无忌惮，却让人少了一份期待，多了一份行将凋零的唏嘘感叹。

总觉得最动人的莫过于一枝半开的菡萏。花瓣遮遮掩掩，花蕊似露非露，披着月光的纱幔，朦朦胧胧。清风习习，像纱帐后一群舞娘随风摇曳，只看得见曼妙婀娜的身影在月光下婆娑，令人升起无限遐想。

走近一朵，如一位醉花间的采莲女，小舟穿梭在藕花深处，她犹抱琵琶半遮面，低低羞羞地看自己水中的影，顿时心动，如流水拂弦，如清风摇铃，如小溪跳鹿。

月半弯时，如嫦娥裁嫁衣，最惹情思。

月有阴晴圆缺，是自然的常态，人有悲欢离合，是人生的常态。月圆之夜，温一壶月光下酒，对酒当歌。月光如练，倾泻满地，如诗人醉酒，畅意挥毫。漫山遍野明亮如白昼，便少了一份朦胧月夜隐逸独思的趣味。

还是更喜欢弯月，内心多了一份期待，有一种盼望，而这种盼望让每一天的等待有梦可期。弯弯的月亮，像要开花似的，含珠带露，像待嫁的新娘，裁剪着嫁衣，一缕缕月光载满相思，饱含情意。

这样的月色流淌在溪涧，洒满山诗句，穿过树叶，影绰出满地的诗行，浇在你我心上，像弯月寄来的信，信里装满了花籽，能在素日里开成一本诗集，种出一片花园。

爱一个人也当如花半开，月半弯。给自己留有余地，才能爱得从容，不惧流年。给对方留有空间，才能爱得真实，不生疲倦。给彼此留有遐想的时间，才能在平淡的日子里，山长水远，相看不厌。

我如果爱你，会给你写一封信，写一半情意，留一半空白。这半空白，任由你真实的思绪引领你遐想，如果你懂，会请花香寄信给我，你的爱自知晓我的地址。

如果你愿意，住进我的诗行，我用你明媚的笑脸做诗眼，用你黯然的目光写忧伤，用我柔情似水做诗的韵脚。

在一首诗里，修茅屋一间，与你共守逝水流年，种一个花园，让花开到荼蘼。采一捧花香烹一壶清茶，以光阴盏对酌，慰藉你过往的神伤。裁剪一匹云，缝成白纱，我便是你最美的新娘。

我愿意与你在时光的陌上，从朝阳到日暮，坐成一首词的姿态，半阕岁月，半阕风静。你是上阕的风景，我是下阕的抒情，我用尽半生的诗情，与你共看云烟舒卷，不畏沧海桑田。

信的末尾，不署我的名字。只一句：往后余生，共赴沧浪。一半长相思，一半自难忘。

当我想你的时候，天空下起了雪

山川因为一句"想你"，变得如水般柔软；河流因为一句"想你"，与远方无限缠绵；天空因为一句"想你"，任由人间的烟火自在地蜿蜒；我因为一念"想你"，不顾流年似水，常常一个人呆坐在爬满蔷薇的窗前。

手中刚刚提起的笔，装满了想你的魂儿，自顾自地在摊开的纸上沙沙落雨。我像被奴役的行尸走肉，全没有了思考的余地，在一方纸上束手投降。索性把心磨成墨，点洒成信，企盼着你收到的时候，可以一一拾起我碎裂一纸的心，用光阴的丝线缝合。

我想给你写一封信，将梅花已经开了的消息告诉你，将于回忆里寻到的一双璧影画给你，将春天以云水为笺送来的讯息捎给你……那样你的窗前便梅开雪生香，春近璧人归。

我要给你写一封信，把行囊里经年的故事缝进香包一并送给你，把碎落一地的回忆一一拾起寄给你，把你曾送给我的花香写成一朵朵鲜妍的花，还给你。在信的落款不留我的名字，如果你会念起，会在初雪之夜赶来。

正这样想着，窗外的雪忽地簌簌而来，踩着枯月，踏着云铺的石阶来了。

一瓣一瓣落在我摊开的纸上，有碎玉声。又像洒在我的心上，雪落成冰。

倚在窗边，看漫天飞雪踏着朦胧的月色前来，时而急促地敲在窗上，砸在我的脸上，像急着前来投宿的人那双拍着客栈门扉的手，慌乱如西风惊绿，惊起我满心的涟漪。我忙着在心上腾出位置，将所有尘世的欲望席卷丢掉，开上一间客栈，为它们安眠，也等待着柴门犬吠时，有风雪夜归人。

雪花时而绵密，被风吹出了窈窕的身段，满腹柔肠，落在纸上，如泣如诉。仿佛是一位从东晋走来的女子，用一片片雪花作行囊，打包起一腔愁绪。"非关癖爱轻模样，冷处偏佳。别有根芽，不是人间富贵花。谢娘别后谁能惜，飘泊天涯。寒月悲笳，万里西风瀚海沙。"雪里的凄凉，只因载着古往今来太多人冰冷的思念。

是我心里走过的字迹唤来了雪吗？还是你知晓我的心意托付雪花捎来抚慰的信息？棋敲残月，雪落孤影，是你瘦若干柴的笔迹，是我踏雪无痕的步履。

当我想你的时候，天空竟下起了雪。

我猜想雪也在写信，天空像忘记了地址的邮差，随意地投递。恰巧途经我敞开的窗前，落在我心上。

我可否借一碗雪，深埋千丝万缕剪不断的百转柔肠？借一缕西风剪下窗前的芭蕉，做我等着为你盛酒的杯盏？借一剪清冷的月光裁剪一袭素色的衣裳，包裹住我满心的忧伤？

笔尖终是落在积着雪花的纸上，我固执地在字里行间洇染出温山软水，段段是依依墟里烟。一张纸上，任我一支笔，请清风修好篱笆，竹林吹起笙箫，白云抱溪石，蔷薇开满径。

我种下满园春天掩藏起雪花的微凉，绝口不提一字想你，可分明听到肺腑间的动荡，默然濡湿了眼眶。

喜欢你，是一抹草芽色

读《诗经》里一段"静女其姝，俟我于城隅。爱而不见，搔首踟蹰"，内心不禁跟着蠢蠢欲动，如闻呦呦鹿鸣，心里生出一片青青的草芽。

仿佛看到在月牙豆蔻梢头的傍晚，一对热恋中的情侣约好在某处相见，穿梭的行人遮挡住望向少女来路的视线，少年焦急地搔首徘徊，心里恍若有一群小鹿要越栏而跳。晚霞扯出一匹匹橘红色，像被他痴心的焦灼染红的纱。

多美好的青春年少，像一头莽撞的小鹿，而喜欢你，便是那一抹小溪跳鹿般雀跃的草芽色。

是初春刚刚钻出地面的草芽，睡眼惺忪，懒懒梳妆。身上带着泥土柔软的香，露水为它织就丝滑的衫，娇嫩欲滴令人不敢呼吸。美好得像一行诗句里的顿号，见到它，便情不自禁，挪不动步地停顿下来，思绪停在半空，窃窃欢喜。

喜欢你，是这样的一抹草芽色。

仿佛这一株草芽里有一支神笔，提笔写一行，你便从那头走来。一株草芽里写着一本《诗经》，有呦呦鹿鸣撞入你怀里的欢喜，有花朵大军守候着清风篱笆，只为你嗒嗒的马蹄响起，篱笆上的蔷薇便开到荼蘼。有白云流泉，只为怀抱一捧柔软，热烈而不留余地地奔向你。

春风是你，途经我等你的路口，心中的草籽发了芽。按捺不住一抹翠绿的草芽色破土而出，像我在大地上遥望着你明媚的眼，是你深深浅浅的脚印里长出的诗行，是饮醉在一本诗集里的溪石迷了路，是露水在心里开一间客栈住进一朵云来。

云牵着你，在我心里安家。春风化作词笔为你写一行花开十亩，花香草香补屋。写两行是飞瀑溅玉，月色开窗，流水挂帘。重起一行，夜虫衔来熏香，清风翻开案上的书卷为你铺床，你枕书香入眠。

喜欢你，是一抹嫩绿的草芽色，你的名字是食野之苹的呦呦鹿鸣，叫醒春天的是你。"春水初生，春林初盛，春风十里，不如你。"

这抹草芽色擦亮我混沌的眼，看朵朵花开美得像一首诗里掉落的字，看院中的鸡鸭散步写出了最美的形容词，看玉兰坠露是春天为大地斟酒，看秋菊落英是篱笆给泥土写信，看雪开木窗，是你执光阴之笔寄信来。

而我，早已请冬梅点燃一捧炉火，烘暖一件棉衣，请犬吠清扫好你的来路，我雀跃地等，你是那风雪夜归人。

喜欢你，像雪夜红泥小火炉上窜动的火苗，沸腾的温度可以温暖整个冬天；像一坛新醅酒上的绿蚁，在心之坛里欢喜地冒着勾魂儿的气泡；像等在雪夜里的一枝花骨朵儿，翘首以盼，听到你赶来的脚步，花娇羞地开了；像路口一盏昏黄的灯，照亮你来的方向。

喜欢你，是大地上冒出第一抹草芽色，见到你，我的春天便急着赶来了。

我若为你写诗

你喜欢江南黛瓦粉墙，青石小巷打在油纸伞上的烟雨；你着迷北国大漠孤烟，长河落日飘在枯藤老树的雪花；你看过黄昏舒卷半空的霞唤牧羊人回家。

可是，可是你有坐在山中的清晨里，细细地看一场雾吗？如果你来看，我相信你会为它痴，为它醉，为它写一首诗。或者，只是静静地坐在那，看着它，任它落在你的身上，为你写诗。

它们轻轻浅浅细碎的步子，极轻极轻，那么安静地来，仿佛从千年前一首词里出发，脚步里是半阕岁月，半阕风静。它们赶来掩盖住这个喧嚣的世界，我在它的怀里迷了路，却在看到它时，看到你，也看清了自己。

在这个清晨，它带着一张巨大的网赶来，将人世间缥缈的繁华化作虚无，四野笼罩在雾气里，炊烟尚未升起。

整个世界在昨夜这一场雾里宿醉，不愿醒来，时光被按了暂停键，静在一幅画里。

只有鸟雀衔来山溪，在耳畔流泉，清风悠然来修篱，为一团雾气安家。

一团浓雾，将我于俗世围屏，这样的清晨，雾是一册尚未装订的诗集，我只想坐在扉页，提笔为你写诗。

我若为你写诗，定会以清晨草芽上挂满的露水研墨，鸟鸣执笔，晨雾铺开一方素帛，山风来，落下一个个韵脚。我披一身雾气，蹲下来，看着一株绿油油的草芽，像大地里长出的诗句。

素净的露水，如瓷如玉，寂静安然地偎着一抹嫩绿，不染纤尘，是妙龄少女一颗初心的模样。像昨夜的月光丢了魂儿，像仙人扫的花影迷了路，像小沙弥去山下提水的脚步，像春风刚刚铺好一条小径，一串串诗便从唐朝赶来。

用这样一颗露水研磨，在晨雾铺开的素帛上洇染，提笔便是浪漫诗句，落笔是款款深情。

我若为你写诗，定会将一场雾凝望成永恒，春风作词笔，写一行春风送给你。在你行经的路旁撒一行花籽，你一回眸，清风徐来，百花开。

在你休憩的溪石绕白云，朵朵白云是我温柔的怀，为你抚去疲惫，揽入天籁。请你坐在一丛花影里，片片花影是我写着你的名字，任它花开到荼蘼，任它远随流水香。

我在浣花溪畔，拾一朵朵落花许下小小的愿，愿山河无恙，岁月吟歌，愿你珍重待春风。

我若为你写诗，会坐在空山松子落的空里，腾空心中万千欲望，腾出一座空山，只为在你乘着一颗松子轻轻落下的夜晚，命萤虫提灯，月色铺卷，看林风阑珊，花笑栏前。

我拾几匹新柴，燃一捧炉火，烹一壶新茶，轻烟袅袅蜿蜒入云霄，赶到百花深处为春天留下等你的线索。

而我笑靥如花在春天等你，等你带来春水初生，春林初盛的讯息，等你沿着我铺好的诗路，沐着一缕春风，满地花影，踏云而来。

然后，你静静地坐在我写好的一行诗上，我莞尔，一开口便是念你。

一往情深深几许？深山夕照深秋雨

曾经年少，最怕深秋的夜雨！

凉夜如浸，虫吟如泣！窗外氤氲的雾气中，一盏微光，萤点在街头，满溢着肃杀逼人的凄寒！

忧郁的鳞鳞屋瓦，泛着荒芜的寒光。房檐上挂着一排晶莹如泪珠的雨，纵然那是一队守护院落的卫兵，能抵挡豺狼虎豹的侵袭，能阻拦狂风暴雨的打扰，可又怎能守护一颗柔软的心，始终安好如初呢？

院子里的银杏树，白日里还是一片金黄，灿烂如星光，似骄阳，足以慰人以温暖。阳光洒在上面，金黄的叶子，恍如沐浴在清朗月色里的漫天星斗，颗颗闪亮。

每一片叶子上，每一条纹理肆意舒展，好似惬意地躺在柔软如温床的沙滩上。坚挺的枝干上，金黄的冠冕下，那是一对飞鸟的诗意栖居，每一片树叶皆是帷幕，那是麻雀们宴会的欢乐场，叽叽喳喳闹个不停！

但热闹是它们的，与我无关！

偏偏来了这一场夜雨，一切都变了模样！飞鸟四散，麻雀藏到檐下悲戚地叽叽喳喳。金黄的树叶此刻光华已逝，像来自一颗死去的卫星，了无颜色！冷风而过，那一树的叶子，绝舞在空中，飘洒，旋转，潇潇落下，如一个个含恨而去的魂魄，像碎裂成一片一片的梦！每一个叶片上颓唐的条纹无不是历经春夏的深刻印记。

可秋雨终是来了！叶子的旅程尽了！我仿佛听到它们哀求似的呻吟，似乎在祈求秋天的挽留，甚至在与冬天商量可否延缓归期……

"一往情深深几许？深山夕照深秋雨"，我懂它们的深情与无奈！

墙角那一池的荷，此刻，像昔日的"英雄"战败归来，一副誓与秋雨同归于尽的模样！任它曾笑傲沙场，任它曾所向披靡，可怎奈世事的沧海桑田？怎奈一场秋霜，几度冷雨？

"秋阴不散霜飞晚，留得枯荷听雨声"。此刻，也只能在雨中低垂着头颅，忍受那如铅的冷雨，滴答滴答，一刀一刀，刺着自己瘫软如泥的叶片。

铅雨落在池塘里，泛起一圈涟漪，如一颗松子落入弥望的黑森林，令人不禁感怀"空山松子落，幽人应未眠"，可这雨滴滴答答不休不止，又是在思念着谁呢？

霎时，那一圈涟漪，又如电光蔓延至荷的全身，未等"硝烟散尽"，"英雄"已束手就擒，只得"解甲归田"！

我多想故作云淡风轻劝它一句："一切有为法，如梦幻泡影，如露亦如电，应作如是观。"可红尘九丈深，青春年少的我怎能云淡风轻？

此刻，万籁都歇的岑寂里，那雨，像裹挟着铅桶一般，重重地敲打着我窗；像一把把锤子，敲在我的心口；像一根根丝线，锁紧我喉咙；像一颗颗催泪弹，催我簌簌泪下！

奔向雨里，任冷雨拍打着我的脸颊，但我并不觉得冷。因为雨并未滴在我的身上，而是扎在我心里！仰面迎雨，闭上眼睛，顿时濡湿满面，已分不清那是泪还是雨！

下吧下吧，尽情地下吧！"一声梧叶一声秋，一点芭蕉一点愁，三更归梦三更后"。我尽管不睡，舍身陪你！

又能怎么样呢？巴山的夜雨已涨满秋池，可人与人之间的缘分，有时却像远赴沧浪的河流一去不复返。

奈何缘浅，何必情深？

我问佛："人生为何那么多的不尽人意？"

佛说："缘起缘落，缘生缘灭，万象皆为心造。不如意的不是人生，而是你的心。

凡所有相，皆是虚妄。你该境来不拒，境去不留！"

我恍然大悟！

是啊！深秋的肃杀，恰如命中的逆境，凄切的冷雨，正是人生的磨砺！沉入泥土的落叶、枯听秋雨的残荷，好似人生中所经历的瓶颈和"失去"。可我忘了，那落叶和枯荷，会融入土壤，化作春泥，成为新枝的养料，待到万物复苏，它们会在春暖花开里与苍翠欲滴的枝干再次相遇！

一花一世界，一叶一菩提，一花一叶间，唯有不执着，方可证菩提！

原来，生命中所有的失去，都会以另一种方式，在某一个时空里，再度重逢！

青春，你非红尘富贵花，只是人间惆怅客

"樱桃花谢梨花发，肠断青春两处愁"。

青春自有一番愁滋味！

青春，不会像樱花梨花，今年凋谢明年会再开。它在每个人生命中都像过客，像流云万里，不道别离，不问归期！

曾几何时，我们也曾拥有"小山重叠金明灭，鬓云欲度香腮雪"的青春年少！彼时，风是轻的，水是软的，云若棉絮，远山如黛。看处处亭台都似纳兰容若的小红楼；阡陌红尘路，看九丈深的红尘尽是风花雪月，纸短情长；看清风朗月晚霞星斗可成诗，温山软水风霜雨雪皆有情……

骑在单车上的时光，本是少年不知愁滋味。像春日雨后的清晨，朦胧氤氲的雾气里弥漫着青春的梦，纵然遥不可及，却满载期许，未来可期。大地复苏，空气里飘荡着泥土香，青草茸茸覆着晶莹晨露，娇嫩欲滴。百花含苞待放，檐下的乳燕呢喃细语，一切都是欣欣然的模样。

可是，单车的后边追来风一样的男孩，我晨曦中的世界就变了。

盛夏的炙热像极了萌动的春心，灼灼燃烧，它以"山雨欲来风满楼"的气势，呼啸而至，侵入每个女孩的心扉，谁都逃不掉，或许，谁都不想逃！

燃烧的季节里，蠢蠢欲动的爱恋，像无法抑制的细菌，在青春时光里肆意蔓延，无孔不入。

彼时，你的白衬衫像清凉洁白的冬雪，慰人以清凉；你穿着黑球鞋像踏着至尊宝的七彩祥云，翩翩然来到我身旁；你纯净的心，像纷飞的雪中傲然绽放的冬梅，倾吐着意气风发的芬芳；你眼波流转处处动情，

142

眉宇间种了向日葵，像一束光那样耀眼！

火烧的晚霞，罩着大地。葱茏的树影随晚风摇曳，荡漾在少女的波心！一群伙伴玩着捉迷藏的游戏，藏在墙角一隅的我，突然被一双手轻轻地拽住衣角，羞红脸的少年略微颤抖着问了一句："我们可以谈恋爱吗？"

就这样，一种叫作"爱情"的东西，闯进了少女纯净如雪的世界！

我慌乱如羊，心跳如鼓，身子颤抖如敲击的鼓槌！热血涌上心头，红到脸颊，染红眼眶！那是初次触碰到心动的滋味！

意识恍惚，挣脱一双温柔的手，疯狂地奔跑，奔跑！仿佛进入一个虚空的世界，四野八荒好似空无一人，时空静得只听得到我急促的呼吸！双脚好似踩着软绵绵的云朵，灵魂仿佛脱壳飘到了九霄云外！难以述说，无法形容！回到家里，睁着眼睛泪流一夜。

你可知你曾是我遥不可及的美好？你可知有一个少女无数次幻想，与你漫步杏花微雨的小巷，与你相偎庭院共浴月光，与你一起看日出月色，尘来尘往？

你可知在我萌动的春心里，

你是遥远天际璀璨的星空，

你是喜马拉雅顶端的云，

你是阴雨过后的七彩虹，

你是夏日那缕清凉的风，

你是撒哈拉沙漠中那片绿洲，

你是我心目中的白月光。

我曾多么羡慕你身边的每一个人，每一个物品，每一缕空气，他们离于我遥不可及的你那么近，那样触手可及！

而如今，曾经的白月光，降落在我面前。曾经暗自望眼欲穿，如今听到横空出世般的表白！我怎能故作云淡风轻不窃窃欢喜？

只可惜水满自溢，月盈则亏。

我不知道的是，盛夏的短暂如雨后的烟云，如黄昏的余晖，如十五的月圆，如深夜的昙花，如节日的花火！绚烂的燃烧之后，只留下一地残雪！

一叶知秋！落叶满地，多像我们死去的爱情！连一句珍重都显得多余！

"风住尘香花已尽，日晚倦梳头。物是人非事事休，欲语泪先流。"

于是韶华正当时的我便知晓，炙热的爱情像流光，转瞬即逝，甚至来不及互道一句珍重！甚至还未等到眼泪擦干！

曾经年少轻狂的我因为你，渴望做一个平凡的女子，过与世无争的生活。和心爱的你，安居在篱笆小院，静守四季炊烟，听丝竹悦耳的弦音，闻虫鸟缠绵的天籁。在如水的月光里，一起仰望星空，在晚霞的柔波里，守护只属于你我的宁静！

但此刻，梧桐落了，芳草老去。

青春初次的萌动，是多么浅薄的缘分，想必前世与你仅一次回眸而已，像一段还未来得及注脚的故事，却已在心中留下刻骨的铭记！

多年之后，才深深懂得，那个叫作"爱情"的东西，它本非红尘富贵花，只是人间惆怅客！

月度银墙，不辨花丛哪辨香

凭海听风，倚窗对月，月上枝头也上心头，几多愁绪几多欢喜。

海风拂面，咸了回忆。风吹过星空和鹊桥的私语，携来浪花与海岸的缠绵。

如水月光，洒满如瀑长发，片片写着剪不断理还乱的愁绪。

"今人不见古时月，今月曾经照古人"。逝水流年，光阴未变。人事更替，沧海桑田。只有这一轮明月不改从前，独自清凉。

梨花如雪在月光下飘撒，叶落有春回，花谢还会开。世事却如流云万里，不道别离，不问归期。不禁慨叹："肠断月明红豆蔻，月似当时，人似当时否"？

可否让我剪一弯月儿寄相思？

一抹晚烟，半掩轩窗，月色如水，月弯如眉。清凉的月光，抚不平尘世的过往。

一剪弯月，似美人安静如莲、素雅的眉眼，勾起如絮的相思无限。

读到纳兰容若与亡妻梦中相见，亡妻临别有言："衔恨愿为天上月，年年犹得向郎圆。"此番痴心，不禁让人心如刀割。想必容若梦醒之后，该是怀抱诗卷，回首两人昔日锦绣琉璃的时光，咀嚼着回忆缠蜷度日。

红尘滚滚，不休不止，苍茫如烟水上的梦幻泡影。人间情爱，逝水流年。那些以为被时光消瘦的记忆，却在落满尘埃的一隅，堆积地愈加深厚，只可惜，此处空剩当时月，"月也异当时，凄清照鬓丝"。

花香拂面，似美人香盈袖。以月光为裙裾，垂手如玉，剪烛烹茶，"洗手作羹汤"。

月光下，他美目多情，她含羞带露，墨香濡染，时光如水样清浅。

怎奈冷香拂断相思弦。

此处寒窗孤影，不禁泪洒纸砚："月度银墙，不辨花丛那辨香。此情已自成追忆，零落鸳鸯。雨歇微凉，十一年前梦一场。"

游走在尘世的陌上，如纷飞的梨花，欲去哪堪留。似一抹浮萍游絮，曲折无定数。可人间天上的一剪明月，又有几时圆？

十五的圆月是一抹乡愁。

月色如霜，铺满凄凉的萧墙。身在天涯的游子，与远在故乡的亲人，共赏一轮明月，同度一场春秋。月上嫦娥玉兔日日相伴，自己归途何处？

"持杯遥劝天边月，愿月圆无缺"。怎奈自己若一叶扁舟，在命运的渡口，已扬帆远航。此时晓风何处，月圆人未圆。

那么就以月光为纸，清风为墨，执笔寄一封家书。道不尽的朝思暮想，欲语还休不道离殇，萧萧黄叶飘落在指尖，片片刻上思念。仰望华清的月光，不忍泪千行！

与明月对酌，何尝不是是一种情怀。

"举杯邀明月，对影成三人"。问一壶往事的老酒，敬天敬月敬流年，一饮而尽，余味回甘。

岁月如歌，生生不息，人生如月，有缺有圆。

何不趁风清月朗，独坐幽篁。听虫鸣鸟吟，丝竹洗耳，静待一朵莲开。看漫天星斗沐浴银河，月光婉转洒成诗歌。闻得到草木有情，夜香暗涌，泥土和虫蚁窃窃私语，落花与流水辗转成泥。听闻空山松子落，遥想幽人应未眠。

斟满一杯清酒，低眉浅酌，身暖心亦暖。余香绕鼻，浓淡相宜。酒不醉人人自醉，就让红尘往事随风而去。脸颊如暖月微醺，双瞳剪水，如梦如醉。

不忍掸去惹身的尘埃，不忍惊扰更阑人静，轻轻起身。捻一朵飘零的白雪梨花共舞，舞一曲"只道情长不道离殇"。

此刻，空山梵呗静，水月影俱沉，只一人一盏一弯月，听竹听风听花开。

关上红尘的门，种如莲的光阴。

因为遇见你，甘愿低到尘埃里

淡然的人喜欢仰望天空，听风的吟哦，看云的舒卷，来时无心，去时无意。

孤独的人喜欢俯瞰大地，看一群蚂蚁搬家，看花闹春天的欢愉，默然相爱，寂静欢喜。

每个人都渴望在"天似穹庐，笼盖四野"的人生里，做一弯彩虹，为天空涂抹上绚烂的颜色；做一片朝霞，在清晨网一兜柔和的熹光；做一缕清风，自在地与空中的云雾缠绵。在兼葭萋萋的荒野，辟一条绿荫小径；在烟水苍茫的月夜，寻到心的归处。

只因遇见你，灵魂被妥帖安放，便心生欢喜。

因为遇见你，甘愿低到尘埃里。

有人说，人生来便是孤独的，纵然身处喧嚣的市井，也难以安抚单薄无依的背影。即使世事如一树繁花盛开，也难以抵挡雨打梨花时一片片花瓣坠入泥土的孤单。

月有阴晴圆缺，人有悲欢离合，未来虽有期，却世事难料。浩瀚人海，我们若一叶扁舟，漂泊无定。如若在茫茫沧海，遇到一处欣然停留的渡口，哪怕飞蛾扑火，化作一缕轻烟，亦会赴汤蹈火，在所不惜。

只因情到深处，不能自已。

张爱玲在她送给胡兰成的照片背面写下：见了他，她变得很低很低，低到尘埃里。但她心里是欢喜的，从尘埃里开出花来。

一代才女张爱玲，素来清高自持，即使在一张泛黄的照片里，她那扬起的头颅依然傲然胜雪，眼神中的凛凛气息依然令见者黯然。

可是，如果一个人的一生中如一枝寒梅傲立于冰雪，从未经历过雨季的泥泞，从未见过樱花盛开的热烈，从未低下过头，去看一些不一样的风景，体会不一样的感受，那么即使梅开雪生香，月色拂花影，所拥有的皆是甜蜜和美好，也未免寡味。

更何况，她的孤傲只是不懂她的人下的注脚。没有人懂得她深藏于心的人间烟火，她的爱与慈悲，她在一个人的世界里深陷灵魂孤寂的泥沼。

所以当她遇到爱情的渡口、生命中的欢喜亦是劫数、唯一一个懂得她的人——一代才子胡兰成的时候，便甘愿沉沦在他的温柔乡，便不管怒风暴雨，风大浪急，纵使蓑破笠损，篙折船翻，也要拼了命游上他的岸。

很多人说爱一个人八分足够，要留两分爱自己。说她太傻，爱得声嘶力竭，不留余地，才会不被人珍惜。可是，如若真心爱上一个人，又怎会有足够的理智去把控爱的火候？怎会在一条浩荡的爱河里肆意游荡漂远，却可以做到轻身上岸，毫发无伤？

我反倒觉得，正因为爱得如此勇敢，如此惊心动魄，不留余地，才是真实烟火里的张爱玲，才是一个高傲到遗世独立的才女的爱，才是一份真实而滚烫的情感，敢倾囊相授亦敢粉身碎骨！用碎裂一地的断壁残垣，祭奠一份真实而热烈的爱情，哪怕余生一个人依靠拾捡两个人记忆的碎片残喘度日，亦无怨无悔。

或许只有这样撕心裂肺才对得起爱情这两个字。

当我们真心爱一个人的时候，哪怕曾经的我们多么高傲，多么理智，也会情不自禁地低下高傲的头颅，不留退路地投入到对方柔软的胸膛。甘愿自己低到尘埃里，却依然欢喜，在尘埃里抖擞着精神开出一朵花来。

愿意倾付大好的光阴，低下头，将关于对方的琐碎细节和两个人一路走来的风尘，一一缝进时光的行囊，扎成一个漂亮的蝴蝶结，别在胸襟；愿意将拥抱太紧的疼痛熬成佳酿，封坛窖藏；愿意将一地患得患失的忧伤镌刻成勋章，挂在身上。

　　只因遇见你，愿意放弃世事浮华，与你静守四季炊烟，共织锦瑟华年。哪怕只有一间茅屋，两袭布衣，三餐素简，亦心若花开，甘之如饴，只因心安处即是吾乡。

　　这就是爱情，遇见了，甘愿低到尘埃里。

写一行春风送给你

我想写一封长长的信，寄到岁月深处，请四季的风送给你，"欢喜"是你的地址。

春天，写一行春风送给你，拂过你新抽出的花枝，翠绿的芽苞是我一寸寸的念，里边写满你的名字。于是你的春天到了，花开了，你姹紫嫣红的花瓣，是我明媚的笑靥；你摇曳满地的花影是一只只飞舞的蝶，我长长的思念蜕落一地的茧。

我在春风深处看你，大地新融的泥土是我怀中一捧柔软的香，画你黛色的眉，熏香你衣襟，萦绕着你上扬的嘴角。一丛丛新绿的草芽是你炯炯的眼，在三分春色里读着我写给你的信笺，春水初生，春林初盛，春风十里，都不及，我走向你。

夏天，我写一池荷风送给你，乘着满池涟漪，载着夜虫唧唧，待月色移到你书房，展卷是沁人心脾的荷香。缕缕荷风轻抚你紧锁的眉，吹散你心里舒舒卷卷的云烟，掸去你穿梭俗世痴痴念念的尘，吹去浮华三千，捎来云水挂你窗前的帘。

一圈圈涟漪是我琐碎的心事，片片心事里无不是你。夜虫唧唧替我许小小的愿，愿愿因你而起。我穿着一身月光，来与你相见，照见一颗初心的模样。我想化作一缕荷香，缠绕着你开卷的笔端，这样你提笔是我轻轻浅浅的呢喃，落款是一池含珠带露的白莲。

秋天，我写一行飒飒秋风送给你，为你铺满地的金黄，只为温暖白露卷起的微霜。为你吹散盛夏的雾霭，为你奏响大雁南飞的天籁，为你将朵朵白云做成棉花糖，贩卖甜蜜在碧海长空之上。

一行秋风，浣洗你门前的落花，织成一匹锦缎做你御寒的衣衫；吹来一湾溪涧流成泉，回响在你酣眠的耳畔；将你窗外的远山洇染斑斓，涤净你奔波俗世而疲惫的眼；将你斑驳的往事吹拂缠蜷，风干你心头潮湿的苔藓。

如果，一片泛着光芒的银杏叶恰巧落在你的指尖，你该知道，那是我将十万花香供养在佛前，为了与你相遇，苦苦求了五百年。只为你将我轻轻拾起，安稳地放在你枕畔的一卷书里，我愿做你岁月里一枚许你温柔的书签。

冬天，我仍在继续写着，从花笑栏前写到木窗含雪，只为写一夜初雪寄给你。为你在清晨拉开窗帘时天下一白的惊艳，为你窗前心爱的花籽盖被，为你迎来一缕白月光照亮你凄冷的厅堂，为你孤单的岸头洇染雪夜初放的梅香。

我要写一捧最温暖的炉火，照亮我半掩的柴门，照亮你于风雪夜赶来的路。我手捧一件藏在岁月深处的棉衣，于瑟瑟冷风中等你，那是我途经四季，用十里春风，八万荷香，一秋黄叶，一炉白雪为你缝补的羽衣，只等你来了，它也暖了。

然而，然而，我一双痴痴凝望的眼，这一双蓄满秋水的双眸，并没有照亮你的来路，只照见心头一堵涂抹往事的粉墙，我相信定是那一夜的雪下得太深，下得太过认真，掩盖了所有的来路。

春又来，我方才惊觉，原来岁月是一尾鱼，早已衔去青春那场花事。

青春，是一页未完成的诗稿

"所有的结局都已写好，所有的泪水也都已启程，却忽然忘了是怎么样的一个开始，在那个古老的不再回来的夏日……"

读席慕容的一首《青春》，方才惊觉，青春已留在那个古老的不再回来的夏日，像遗落在一本心爱的书中那个泛黄的书签，纵然它曾在我的指尖途经山河岁月，而如今只是风轻云淡地安于一隅，仿佛只是一缕清风从全世界路过，然后静静地停下来，欣赏山河远阔，人间值得。

青春是"两个黄鹂鸣翠柳，一行白鹭上青天"，是三月早春天。

是春天里蠢蠢欲动的风，吹软一捧腥香的泥土，一株株嫩绿的草芽钻出头来，欣欣然地睁开眼。柳枝作弦，鸟雀衔曲，奔流的小河与堤岸撞个满怀。

是向晚的霞编织成绚烂的羽衣，在萌动的心底惊起一行白鹭。

青春的心，是柔软的暖风吹皱一池春水，一圈圈涟漪是春风化作词笔抒写着一行行诗句，是在写着一封长长的信笺，寄到湖底。一颗萌动的心，恰似一朵吟风醉露的云，乘着风，一路将云影投到你心上。

青春是雨打芭蕉零落了一场花事。

青春年少，为赋新词强说愁，点点芭蕉雨，滴滴离人泪。人生中最美的年华莫过于青春里一场花开，姹紫嫣红，百花齐放。半坡绽放的樱花如美人娇羞的眉眼，片片粉红色的花瓣是对你写过的诗句仍念念在唇。一场青梅竹马的爱恋如一簇嫩黄色的花蕊，暖阳如诉，在一粒粒花蕊上探寻着一点点往昔的念，一寸寸今时的暖。

忽地一场雨，急促地追赶着青春仓皇的脚步，明日落红应满径，零落满院的樱花，是还未来得及说出口的分别，连一句再见都显得多余。

细雨绵绵，辗转一夜，终是零落了青春这场花事。

青春是呦呦鹿鸣唤来门前一场初雪。

在初冬的清晨，拉开窗帘，与窗外一场初雪惊鸿相遇。天下一白，笼盖四野，几只雀跃的小鹿嬉戏在雪地里，一串串深深的脚印似你略显急促的呼吸，曾几何时，你的名字环佩叮当，如一头莽撞的小鹿，忽地撞进我柔软的心里。

霎时，听到雪悄悄地落在我门前的枯枝上，开出一朵朵欢愉的梅花来。

青春，是一页未完成的诗稿。

时光展卷，月华研墨，我执春风词笔为你抒写一首长诗。将花香云影作韵脚，写满银河系的愿，将清风白露作诗眼，颂尽红尘万丈之恋。然而，我只写完了上半段的风景，还未提笔下半段的抒情，青春便如初夏的樱花，绿肥红瘦，仓皇而逃。

而时光的案上，墨尚未干，只留下一页未完成的诗稿。

"而你微笑的面容极浅极淡逐渐隐没在日落后的群岚，遂翻开那泛黄的扉页，命运将它装订得极为拙劣。含着泪我一读再读，却不得不承认青春是一本太仓促的书。"

当我合上青春这本仓促的书，往事提着灯笼照亮封面，才惊觉，原来青春，本就是一场短暂的花事。

第四辑　心有草木，满山知音

季节是一首诗的味道

岁月是一本诗集，春、夏、秋、冬是夹在这本诗集里的书签。翻到春天，有姹紫嫣红的明艳；翻到夏天，有荷风浇满池塘的香甜；读到秋天，有五彩斑斓的落叶沙沙走纸给光阴写信；读到冬天，有片片好雪坐到我窗前。

如果说春天是粉红色，夏天是绿色，秋天是金黄，冬天是雪白，那么每种颜色也一定有其各自的味道，我相信四季是循着各自的香味吸引，周而复始，更替不息。

我猜想这一定是一首诗的味道，才能让四季的水车痴迷地旋转不歇，乐此不疲地追逐着向前。

总觉得春天是"牡丹影晨嬉成画，薄荷香中醉欲颠"，有着一片薄荷的味道，令人气清景明。

春雨是一杯天空冲泡的薄荷茶，请大地万物醉饮一杯清凉，然后睁开蒙眬的睡眼，将刚刚睡醒的草籽唤出青翠的草芽，为春姑娘织就一袭绿色的丝裙。

将姹紫嫣红的花瓣搽好胭脂挂上枝头，为枯树以芬芳冠冕。山涧闻到薄荷的味道苏醒，奔腾出一首空灵欢快的曲子，载着满山的花籽与夏天撞个满怀。

夏天是"茅檐低小，溪上青青草"，走在田野里，扑面而来的是青草香，像一张铺天盖地的绿毯遮挡不住少女春心萌动的心事，莺飞燕舞，一片欢愉。也像一位巧手的织女，织出一袭山温水软的绿床，一团花影被，有月色挂帘，清风流泉，以芭蕉盏，盛一杯草香凝露与凉月对饮，听着夜虫唧唧吟诗，枕一袭草香入眠。

秋天是"银烛秋光冷画屏，轻罗小扇扑流萤。天阶夜色凉如水，坐看牵牛织女星"，是秋菊落英酿一杯清冷相思的甘醇。坐在暗香疏影的老木篱笆旁，拾捡起落英缤纷，燃一捧往事的炉火，蒲扇轻摇，温一壶月色花香酒，邀两只萤火虫对酌。

情到深处，一片片载着相思的枯叶拥入泥土，冷香入杯，醉饮的流萤踩着清凉如水的天阶月色为牛郎织女衔去人间的烟火。

冬天是"纤手破新橙"，暖阳白雪里是新剥开橘子般暖暖甜甜的味道。像行到岁月深处的一对老夫妻，执手闲坐窗前，回首往事如烟，仿佛还是昨天。

窗前有一片片雪花飘落，像飞逝的从前乘一叶岁月的轻舟跨过千山暮雪寄一封信来。两人布满皱纹的手颤抖地拆开一个个信封，光阴的记忆蜂拥而至，抖落一地，两个人相对无言，眼波流转处尽是岁月的丰满。

良久，一对老人的笑靥开成两朵梅花，映着满头银发，在白雪里温暖了整个冬天。

季节确是一首诗的味道，我们要以诗人的身份，行走于光阴的陌上，轻轻翻开一页页书卷，夹在岁月里的书签便会以一首诗的模样与我们陶陶相见。

我喜欢七月的清晨

我喜欢七月的清晨，像一颗被乳燕刚刚唤醒的露珠，氤氲的雾气是它蒙眬的睡眼，水草在它身旁正慵懒地梳妆。

走到院子里，红彤彤的樱桃，翠绿的小黄瓜，艳紫色的茄子像刚刚沐浴过的小精灵。身上的露水还未来得及擦干，一副娇嫩欲滴，欣欣然的模样。篱笆边挤出的小草，被露水压弯了腰，在柔风中轻轻颤动，在用露水写诗。

七月的清晨是檐下的乳燕破壳而出，簇拥在窝口，等待着妈妈衔回早餐，我被它们撒娇的吟唱唤醒，坐在院子里为它们而着迷。嫩黄色的小嘴巴叽叽啾啾不停，这是清晨最动听的旋律，与院子里叽叽喳喳蹦来蹦去的麻雀谱写着一首清晨交响曲，我轻轻跃动的心跳，像它们掉落的音符。

风声岑寂，连农家的炊烟都蜿蜒地小心翼翼，不忍打扰它们演奏似的，此时仿佛整个世界都是它们的。

七月的清晨是苍翠的远山穿着白纱，像一个待嫁的姑娘。白日里苍劲的山峦此刻被浓雾包裹，含情脉脉，温柔如水。像风婆婆正急切地打扮自己的女儿，亲手为她缝制婚纱。时有布谷鸟吟哦其中，好似对她殷勤求爱的絮语。林间有瀑声轰隆，如万马奔腾，是她如意郎君呼啸而来的嗒嗒马蹄。

我仿佛看到燕子们成群结队地衔去野花，为她做出嫁时的花环；白云急着赶路，去做她新房的软榻；清风拂动花影，缝织一袭锦被；流水正在忙碌，为婚房挂上窗帘……

七月的清晨是云朵开木窗，荷香满池塘，一副绵软软的模样。

坐在院子里，门口池塘的荷花正开得娇艳，透过薄雾远远望去，像一场盛大的演出。娉婷的妙龄少女身着绿裙，随风婉扬，翩翩起舞，在水面荡出一圈圈涟漪，撒下一池碎银。

粉嫩的面颊含珠带露，有的一脸娇羞，妩媚动人；有的热烈奔放，花开荼蘼，曼妙摇曳着舞步，勾走你的魂儿。若坐在院子里闭上眼睛去闻，像风吹来的荷香在空中结了籽，萦绕不去，散落满地。

这是七月的味道。

七月的清晨是一首情诗的开端，美得像一串形容词。我喜欢此时坐在窗下案前，读书写字，将窗外的风景一一采回，写在纸上，落笔成诗。此刻的思绪如一首淙淙流淌的曲子，清晨里的声音是一个个美妙动人的音符。我在一群乳燕的吟唱里听懂了清晨的欢愉，在一滴露水里看到了清晨的安然，在远山如水的画卷里读懂了清晨的情义，在一池荷塘里看到清晨的旖旎。

七月的清晨，我坐在院子里，听到风吹来蒲公英飘远的讯息，看到花正在悄悄结籽，露水刚刚醒，水草懒梳妆。

一盆草

　　晨起坐在院中的雾气里写字，听着乳燕雀跃地呢喃，仿佛是它们衔来眼前这个静谧的清晨，不禁莞尔。无意间抬头，墙角的一盆草，忽地冲到我眼前。视线顿在它身上，好像写某段句子，突然大脑空白，思绪凝固，写不出下一句。

　　那是一盆绿茸茸的小草，柔软得像一只温顺小猫的绒毛，像一团被酿成新绿色的云，又像一位妙龄女子柔顺的发。晨雾如一圈圈涟漪荡荡漾漾在它身旁，仿佛是一池柔柔的水草，在揉搓着睡眼，揽镜梳妆。

　　它纤纤素手穿上翡翠色的丝绸，曼妙的身姿一览无余。软风拂过，它娉婷摇曳着轻快的步子，让我看得失神，内心突然好奇地问：你是谁？从哪里来？

　　是从我翻开的书卷中一首诗里掉出来的字吗？你被奔涌的历史注入了新鲜的血液，被我爱抚你的温热手掌注入了生命的魂魄，你闻到了人间的炊烟，听懂了乳燕的呢喃，或者想像我一样坐在一块老木台阶上，欣赏远山如黛，吸吮晨露雾霭，依偎在一团云里听虫吟鸟鸣的天籁。

　　你想同我一起看院子里的蚂蚁搬家，看田间的黄牛散步，看菜园子里菜蔬发芽，看花园里的蔷薇热烈地开花。

　　所以你来不及打包行囊，便急切地从唐朝出发，来到我手捧的书卷里投宿，只等着我在这个安宁的清晨翻开，你便跳上你想停留的渡口——墙角的一个空花盆里，落户安家。

　　或者，你是古时的采诗官到民间采诗，行经到我窗前恰巧迷路了吗？你被这个小村子里于俗世围屏的清晨吸引，你听到鸟鸣如流水，荷风拂琴弦，看到松风轻摇蒲扇烹水煮茗，绿蚁新醅酒以花影作盏，我与草芽上一滴晶莹的露水对酌。

你看得痴了，以为院子里的一切都是遗落在民间的绝美的诗，便停下你匆匆的脚步驻足凝望。眼前的风物实在美得迷人，致使你站得太久，自己竟然不知你诗意的脚步已在一个空花盆里生了根，发了芽，长出一团绿茸茸的诗来。

或者，你是从三百年前纳兰容若的词里跑出来为佳人送信的吗？你实在不忍看一个多情的词人日日感叹"谁念西风独自凉，萧萧黄叶闭疏窗"的凄冷孤独，所以你快马加鞭三百年，只为寻找一个赌书泼茶，暖香盈袖的地址，为他送一封无处投寄的相思。

怎奈人事如东海扬沙，当时只道是寻常的过往，任你向前奔跑三百年，也终是佳音难觅，锦书难托。于是你嗒嗒的马蹄在花盆里生根，你要借一丛草芽的身修行，吟风醉露，以发芽为盟，以秋风为信，装满一包草籽，在纳兰容若的词里，种出一位佳人来。

或者你跑到我的空花盆里发芽，只为开一间客栈收留清晨一滴滴露水？

你在去年秋天打包好了草籽，以冬雪为自己盖被酣眠，只为等春风送来发芽的消息，你便以飞舞的姿势，跨过千山暮雪，万里层云，越过荆棘险滩，劲风骤雨，在某个岑寂的黄昏，你寻到了我窗前的空花盆，悄悄停下奔波的脚步。

裁剪一缕晚霞铺一席温床，便在此生根发芽，长出一个个温暖的绿床来，只为在每个凄凉的夜晚，将一滴滴露水拥入你柔软的怀抱，一起等待天色拂晓，灵动的露水在你怀里写信，熹光送信来。

我想，或许你只是奔向我的，在我心里，种出一丛草芽，像我许下的愿，为我日日清晨伏案的笔端种出一束束灵感。痴迷的梦想像一盆草籽，随四季更替，生生不息，在清晨一个角落里，撒满院草香，柔软我清凉的时光。

黄昏，是一首诗的韵脚

黄昏，是酒醉之后酿出的心事，有一种暧昧的情愫，像夕阳西下与月上柳梢在缠绵，难舍难分。也像一位老者，淡然地目送繁华三千，过眼云烟，平静地迎接着人生中的暮年。

黄昏惹乡愁，否则诗人马致远不会在将暮未暮时分感怀到："枯藤老树昏鸦，小桥流水人家，古道西风瘦马。夕阳西下，断肠人在天涯。"

当沉落的夕阳惊醒晚霞，唤醒月色，漫天遍野的橘红色，多像家里那盏昏黄的灯光。日落时分，自然万物皆有归宿，落叶有泥土，露水有花香，溪涧有河床，昏鸦有枯藤，而漂泊在外的游子，像一叶浮萍，无处扎根，无处安放满腔柔肠。

黄昏惹思念，若是黄昏时分落雨，更平添一种闺怨的愁绪。"梧桐更兼细雨，到黄昏、点点滴滴。这次第，怎一个愁字了得"？你看暮色里隐隐约约的绵绵细雨，多像一位思妇剪不断的愁绪，多像她一声声凄凄冷冷的哀怨，此时听那雨一滴一滴落在窗前的梧桐叶上，仿佛不是雨，点点是离人泪啊！

黄昏是贪杯的诗人，豪饮一天，酒过三巡，诗兴大发。便铺展半边天的宣纸，以清风为笔，晚霞为墨，即兴挥毫。此刻，我坐在半山腰，静静地看黄昏写诗。

夕阳将沉，洒半天的余晖，像黄昏在与日暮告别，她铺展开巨大的行囊，将清晨的露珠，溪畔的闲云，林间的清风，浣花的竹篮，还有她所有的心事一一收藏。风舒卷晚霞的时候，像她在轻轻抚摸自己一日来的珍藏，叠了又叠，闻了又闻，余晖卷好她的行囊，这些许心事被珍重妥帖地安放。

当夕阳沉下山坳，暮色四合，林间几缕婆娑的树影渐渐消瘦，像演了一天的戏行将落幕，树叶在地上缠蜷，收拾着道具。

繁华与喧嚣都成过往，虫鸟也静静地睡了，白日里的热闹都岑寂下来，只偶尔升起它们窸窸窣窣的鼾声，无忧的鼾声，与世隔绝的声音。

溪涧也不再喧哗，唱着催眠曲似的，潺潺涓涓，整座山峦昏昏欲睡，偶尔有松子落下来，像它打着哈欠。

山坡上远远望去，牧羊人挥舞着手中的鞭子，牧羊犬急切地绕着羊群奔跑，一群绵羊簇拥着，像一缕白烟似的飘回村子。空中回荡着头羊脖子上的铃铛声，叮叮当当，安抚着路旁的夜虫入眠。又像清河坊街上，守更老人敲打的更钟，仿佛听得到"天干物燥，小心火烛"，那声音悠远空灵，像一捧清泉，洗净了俗世的纷繁，让万物归于静寂。

农人们扛着锄头踩着浅浅的月色走在回家的路上，硕大的斗笠随着他们矫健的步伐此起彼伏，像土地上新长出来的蘑菇，在晚风中舞动。

浣花的妇女背着竹篓，正在院子里收拾着晾晒一天的衣服，叠得平平整整，仿佛是收到一封阳光写给她的信，深深地闻一闻，扑鼻的是一抹暖香。

没多久，村子里炊烟四起，袅袅地向天空蜿蜒而去，我猜那是村妇们在写回信，风是邮差。

篱笆边的牵牛花铺好床，关上门入睡了，缠蜷的花瓣外落了几颗晶莹的露水，像前来"花房"投宿的旅人。露水微微颤动着，摇摇欲坠，喝醉了似的，在敲着门。我也很想住到一朵花里去，倾听花瓣吟诗，枕着花香入眠。

如果一天的时光是一首诗，我想黄昏该是末尾抒情的部分。

大自然用它半边天的红霞织成一张巨网，网尽尘世的喧嚣和虚无的追逐。在黄昏，万物脱去光影，归于最初的模样，四野岑寂，时光静得不像话。

此刻适宜告别，它告诉我们，所有的拥有皆如阳光下的花影，本是一场虚妄。当余晖涤尽铅华，我们也该与执着的妄想一一告别，与最初最真的自己，在月光如洗的夜晚再次重逢。

倔强的灵魂

盛夏的一天，坐在院子里，不经意间，墙角竹篱笆上一根豆角藤忽地出现在眼前，翠绿的叶子盈满夏的姿色，托举着一捧光站在那里，一朵朵纯白的小花，裹着一滴滴露水，娇嫩可人。藤蔓葱茏，在竹篱笆上一圈圈缠绕着，竹竿尽头，它依然以旋转飞舞的姿态，向天空生机勃勃地蜿蜒而去！

我被震惊。它攀附在竹竿上，是情有可原的，可当爬到尽头，没有竹竿可攀附，柔软的它依然蹿出大约二十厘米，直挺挺地向上而生。这是有多么强大的内在力量呢？看它扬起的头颅，多像一个倔强的少年，旁若无人地在对天空说：给我一根藤，就能爬到天上去。

忽地想到它的由来，更令我叹服！春天时，陪三岁的女儿在院子里玩，她在角落里捡到一粒干瘪的小种子，告诉我她也要学习外公外婆去种田。我全当游戏，陪在她身边。

她拿着沙滩玩具里的一柄小铲子，在菜园里铲出一个坑，就把种子随意地扔进去，用铲子盖上厚厚的泥土，然后又"不放心"地跳到上边，小脚快速地倒腾着，将泥土踩实。

我莞尔一笑，心里还在想，这样种下去能发芽才怪。之后便把它忘记了，更从未再管理过。

然而它竟然就无惧他人目光地长出来了，还生长得如此葱茏。和园子里覆上塑料薄膜，浇水施肥认真照料的其他豆角长得一样高，一样好。没有任何人为的帮助，甚至在此之前，都没有人注意过它的存在，但它一副无所谓的样子，就那样英姿飒爽地长在那里。

我内心最柔软的地方被它深深触动，被大自然的神奇深深感动。

一粒干瘪的种子，只需投到泥土里，在大自然的怀抱里，它便自己吸吮雨露，采撷阳光，暗自努力，只为生长，奔赴作为一粒种子的使命。

在这个过程中，它需要承受多大的阻力才能穿破死死压在身上的厚重泥土？需要做多少努力才能让自己已经干瘪的身体饱满而强壮起来，向上冲破牢笼，吐出嫩芽？需要多么顽强而坚定的信念，没有他人鼓励，只在心中一次次告诉自己"我可以"，才能以卵击石般去与被扔在角落无人问津的命运抗衡？

草木有心，万物有灵。我确定小小的它拥有一颗倔强的灵魂，它身上散发着一种不服输，要成长的精神，令我折服！

这不禁让我想到生命，想到人生。苏轼有云："人生如逆旅，我亦是行人"，每个人一生中都会遇到坎坷和荆棘，黑暗和迷茫。一个胚胎，从在母亲的腹中，就需要顽强的努力和生而为人的坚定信念才能平安降生。

人生途中，有风霜雨雪，有巨浪险滩，如一粒种子般的内在力量，就是一把指天剑戟，能劈开三十功名尘与土，挥舞八千里路云和月。拥有一个生命最初的内在质地，便能穿过荆棘，越过险滩，在滚滚红尘里，种出一个姹紫嫣红的花园。

银碗盛雪，烹雪煮茶

天色向晚，雪花像远道而来的故人，悠然落入门扉，如一池盛开的白莲，教人不忍踩踏。风声岑寂，只有几只麻雀，在新雪上嬉戏，留下深深浅浅的脚印，仿佛琴弦上跃动的音符，试图打破雪落黄昏的静谧。

村子里万籁俱寂，只看得到家家户户的炊烟赴约似的袅袅而上，在空中蜿蜒地无限妖娆，浓淡相宜，晕染出一股人间烟火的韵味。银装素裹的世界，恍如身着白纱的仙女下凡，不染纤尘。

出门迎雪。伸出双手，一片片雪花纷至沓来，亲切地来到我手心，忽如燥热的盛夏，将手浸入一湾山泉的沁凉，整个人都安静下来。不禁轻闭上双眼，任片片雪花栖在我面颊，融入我的毛孔，好像在娓娓道来一段清纯往事，我欣然倾听，黯然泪下。

墙角的梅花像是雪的知音，争相开放只为等雪来。一簇簇饱满的粉红色，像玉貌花容的天外飞仙落在人间休憩，否则枯枝老藤上，怎会开出如此娇嫩欲滴冰肌玉骨的花来？嫩黄色的花蕊，迎风不惧，抖擞着精神，微微颤动的身躯让人愈加怜惜。洁白的雪，一片片堆积在傲然挺立的花瓣上，仿佛是天空一针一线为粉妆玉琢的美人织就一袭洁白的披风。

花在瑟瑟冷风中轻轻颤动，又像是美人婀娜摇曳地步履，款款而行，步步生香。该是她不争不扰，不卑不亢的性情打动了漫天的雪花，才赶在黑夜来临之前，特意为她御寒而来。

转瞬间，雪已淹没了来路，教人寻不到归途。雪依然不歇，反倒急促起来，难道是因我误解了他的来意？一片片殷殷切切的雪花，是天空写给大地的信笺？一串串浅浅的脚印是大地回给天空的情书？

我蹲下来，在雪地里安心地写着自己的心事，我知道，用不了多久，天空会帮我隐藏。不知明日暖阳初上时，融化的白雪能否将我的心事告知远方的故人？

银碗盛雪，烹雪煮茶。

我轻摇手中的蒲扇，缓缓搅动茶匙，光阴的故事慢慢说。窜动的炉火，为我掸去一身风寒。忽地想到白居易的一首小诗"绿蚁新醅酒，红泥小火炉。晚来天欲雪，能饮一杯无？"

仿佛看到诗人正与好友刘十九在寒冬腊月，围着火炉促膝长谈。见窗外暮雪正来，挽留友人留宿在此，自家新酿的酒还未过滤，上面如绿蚁的酒渣，散发出醉人的香醇。

炉火正欢，火苗跃动在煮酒的泥炉上，我们何不一醉方休？任它窗外暮色苍茫，大雪纷飞，我们尽管把酒言欢，痛快畅饮！岂不快哉？管它窗外风云变幻，人事消长，哪怕一夜间东海扬尘，沧海桑田，我们只管在这雪夜，不理喧嚣，共享人生一味清欢！

纵使隔着千年的光阴，依然可以感受到诗人小火炉的温暖，闻得到那晚新醅酒的香醇，每当柴门犬吠，都可以安慰那个风雪夜归人。

逝水流年，人世早已物转星移，但茫茫白雪从未更改它纯洁不染的容颜。一场向晚的白雪，何曾不是一扇阻隔风尘的门？让奔波不歇的脚步得以停下；让无休止的追逐，得以止步；让辗转红尘疲惫不堪的心，得以休憩。

雪落时分，风烟俱净。

苍茫白雪将红尘万丈一并洗礼，纤尘不染，一如初见。此刻，所有繁华都归于岑寂，所有灯火已落于阑珊，我知道，远方的故人已听闻雪花捎去经年的思绪，正以风为马，两袖梅香，踏雪而来。

这有一间茅屋，一捧炉火，两杯浊酒，足以慰藉经年的风尘。

半夏荷香，最是清欢

"叶上初阳干宿雨，水面清圆，一一风荷举"，半夏时节，忽闻此句，顿觉清风徐来，携过些许凉爽。

热烈的骤雨敲打在铺满荷花的绿湖，笃笃脆响，碧盘滚珠，好似一群调皮的雨精灵错把荷叶当作它们的舞台，自带节奏尽情地跳起芭蕾舞来。

当次日的阳光晒干荷叶上的宿雨，好像一场戏的谢幕，又像某个采莲的女子收拾起了若干心事，荷叶恍若什么都没有发生过，风轻云淡地沐浴着阳光，舒展在湖面，一朵朵静雅清润的荷花，随风摇曳。

夏日赏荷，是燥热的俗世里一抹沁凉的清欢。

伫立湖边，弥望的是田田碧翠的叶子，偌大的叶片，好似盛宴之前摆放的碧绿玉盘，在等待着佳人宴饮。又好像仙人们手中轻摇的蒲扇，守候着一池碗茗炉烟。

晓风拂过，一片片翠绿的叶子轻轻舞动着它们圆润柔美的身姿，似一波波绿色的涟漪在湖中荡漾开来，霎时，莲叶点水，"池面风来波潋潋，波间露下叶田田"，如一条条绿色的闪电，划破平静无波的水面。

碧绿的荷叶之间，洁白的莲花出水芙蓉一般亭亭玉立，花瓣上洇染着一抹淡淡的粉红，真像一位粉妆玉面，娉婷婀娜的女子。肤若凝脂的面颊涂抹着淡淡胭脂，仿佛一脸娇羞似的红了脸，那随风一低头的温柔，千姿百媚，风情万种。

她们好似在奔赴着一场盛大的宴会，袭波踏浪，曼妙而来。步履轻盈，如蜻蜓点水，锦衣玉带随风轻扬，恍若看到她们犹抱琵琶半遮面，不胜娇羞语声软，难以掩藏的窃窃欢喜遗落在湖面，她们不畏千山阻隔来与梦中的檀郎隔水相见。

莲下有鱼，摇曳着清风荷影，自在地穿梭其中，像一群没有心事无忧的少年，为赋新词强说愁似的在水中搜寻着什么。或是已春心萌动，误把荷花映入湖中的艳影当作一位韶华当时的女子，尽情地游弋在她身旁，倾吐出一串串水泡，好似一声声缠绵絮语，轻柔地掠过佳人耳畔。

彼时湖面荡起一圈圈浅浅的涟漪，想必那正是少女被拨动的心弦。朵朵白云映入朝霞掩映的湖中，恍似一双双豆蔻年华的碧影，夜阑酒醒，烛影摇红。

"素手把芙蓉，虚步蹑太清"，且让我在莲池做一次仙人，撑一叶小舟，徐徐前行，行至画中，行至一卷宋词里。轻舟穿梭在华盖如伞的莲叶之下，动静相宜，光影婆娑。莲叶蜿蜒的弧线妩媚了我的身影，有风拂来，裙带飘飘，发丝婉扬，抖落一池的浮华往事，折断了满腹愁肠。

采撷几缕淡雅醉人的荷香，塞满我孤影萍踪般的行囊，忘情地荡入藕花深处，惊起的一滩鸥鹭振翅飞翔，好似我心中难以平复的万千思绪，无处安放。

忽地想到古时少女采莲的情形，"若耶溪傍采莲女，笑隔荷花共人语"，仿佛看到一群如花似玉正值妙龄的少女，三三两两，涉水采莲。她们玉臂挽着竹篮，纤手曳着裙带，斜倚舟头，荡漾在藕花池中。时而掀弄起如幕的莲叶，你藏我掩，欢声笑语；时而伸出纤手，采撷一枝娇美的莲花捧在怀中，人面荷花相映红，过往的风都为她们沉醉而驻足。

她们嬉戏的笑声划破丛丛莲叶，荡过朵朵荷花，飘扬至遥远的天际，生动了整个夏天。

清晨的律动

晨起推开门，远山氤氲着雾气，昨夜的一场雨，把眼前的大千世界洗刷一新，清凉的空气如新鲜的薄荷，捎来槐花和新泥的芳香，仿佛将惺忪混沌的我一下子拽到气清景明的湖畔，霎时呼吸澄澈，神清气爽！

雨珠还未消散，在晾衣绳上结成一串珍珠，晶莹剔透，风声岑寂的清晨，它们安然地挂在上面，像一个个静定修行的僧侣，纹丝不动。它们独自存在，又彼此相连。

每一个露珠里，映照出一个世界，一个只有清晨里才有的宁静世界。

门前的大柳树，新绿如洗，含珠带露，像艺术家泼墨在云雾中的一幅画。村子里一片静谧，还未有人声走动，笼罩在晨雾里，尚不见人间的炊烟，恍若仙境！

院子里的樱桃树已经结下一颗颗翠绿的果子，密密匝匝地悬挂在枝叶上，沾染着雨露，像一个个沐浴之后的小娃娃，生机盎然。

昨夜的一场雨像一场生命的洗礼，世间万物，总要经历和煦暖阳，承受过风吹雨打，才能茁壮地成长。

房檐下的燕子、院子里的麻雀、远山森林里的布谷鸟，还有一些不知名的山鸟，约会似的齐声鸣叫着，叽叽喳喳，叽叽啾啾，布谷布谷……欢闹一片。

自然里的天籁，也只有如此宁静的清晨才听得到。

它们像跃动在大地五线谱上一串串灵动的音符，有一种摄人心魄的震撼，让人只有痴痴听着的份，竟挪不动步。这种喧闹，反而使人越发宁静，感受到和大自然的深深联结，有一种无言而喻的感动，内心不禁湿热温暖起来。

此刻"万籁此俱寂，但余钟磬音"。恍惚间走入一片幽深的竹林，熹光蜿蜒在舒展的竹叶上，柔和地洒在我的脸上，我忍不住轻轻地闭上双眼，听到晨露悠然滴落在脚下，鸟雀浅吟低唱，低眉耳语着。清泉涓涓轻抚过附着青苔的石头，脚步踩在茸茸的青草上窸窸窣窣，和着自己浅浅匀匀的呼吸声。

各自不同的节奏，汇聚成一曲不染凡尘的天籁，洗涤我包裹着苔藓的心。顿时身轻如絮，仿佛醉卧在云端，远山的浓雾，是我手中轻摇着蒲扇正在烹水煮茶，烟雾袅袅而上，携着我的思绪向碧海长空无限地蜿蜒……

燕子们叽叽啾啾响彻耳畔，唤回神游太虚的我。原来它们正忙碌着啄来新泥筑巢。去年这个时候，它们刚刚出生，清晰地记得一群乳燕簇拥着，从燕巢里争先恐后探出头来的模样，一切都充满了希望。它们试探着一个一个地从燕巢里跌跌撞撞亦步亦趋地跳到门槛上，一排初生的小燕子，不加遮掩的新生喜悦，开会似的喧闹起来。直到燕子妈妈衔着虫子归来，乳燕们一溜烟地钻回燕巢。

今年它们已经可以自己衔泥筑巢了。因为又要新出生一些燕宝宝，老巢装不下了。前两天看到从燕窝里掉下来几颗蛋，接着燕子们就开始忙碌起来。不停歇地，急切地筑着新巢，两只燕子筑一个巢，跑接力赛一般，靠着一张小小的嘴，奔忙了三天终于建好了新巢。

可以安心等待着小燕子出生了，这几天它们的叫声很不一样，时而急促，时而悠扬，那种兴奋地急切，我听得懂。我暗暗给小燕子加油，恨不能爬上去看看进展如何，心里也因此充满期盼，为它们祈祷着……

乡村里一个普普通通的静谧清晨，当我静下心来观照，会发现它是一幅饱含生命律动的图腾。暗潮涌动，奔流不息，万物生灵在各自的世界里向前，却又交叠在一起，谱成一曲最动听的旋律，这是万物生长，生命不息的旋律！

一帘春雨，恍然如梦！

清晨，还在被窝里，朦朦胧胧地听到窗外轻软细密、如针撒落的声音，想来是下雨了。

四月的雨，总是这样轻柔的，静悄悄的，不忍打扰大地似的。像天色未明时，寺庙里"醒板"的声音，极轻极轻，庄严地唤醒寺中的师父！

春天的雨，是来唤醒大地万物的。

迫不及待地起床，抱着襁褓中的孩子坐到院子的摇篮里，看雨。借着雨，看得到风的形状。

微风斜斜地吹着，像一双温暖的手，轻柔地掀开雨帘！雨细如发，像母亲手中缝缝补补的针线，像蝉刚刚吐出的丝，像小蜘蛛的网在风中摇曳……风一变了风向，雨便交织成一张细密晶莹的网！黛色的远山如水，隐映在雨幕后，几缕云雾游荡其中，恍若坐在"水光潋滟晴方好，山色空蒙雨亦奇"的西子湖畔！

燕子们盘旋在院子上空，突然一只燕子急匆匆地从远山飞回来，一溜烟似的钻进房檐下的窝里。顿时，燕窝里欢腾一片，叽叽啾啾，叽叽啾啾，小燕子们你一言我一语地闹腾起来。

是在欢喜妈妈回来了，或许是在争抢妈妈嘴里的小虫子。没过一会，大燕子又急匆匆地冲进雨里，低低地飞向远山，四五个小燕子，拥挤在窝口，你争我抢地探出小脑袋，似乎在看着远方大燕子的方向，一脸新奇地张望着外面的世界。

嫩黄的小嘴，细嫩的声音，澄亮的小眼珠儿，娇滴滴的，像春天的雨一样。

女儿盯着雨看得认真，好奇地伸出小手去接房檐上落下的雨珠儿，滴答！落到小手心里，冰凉凉的，又快速缩回来，塞到我衣服里！像小燕子似的咯咯笑着！

朦胧的雨里，我看到小时候撑着伞，陪父亲下地干活时的情景。我在地垄里欢快地踩水坑，偶尔蹲下来看黄瓜叶子上晶莹透亮的雨珠儿。每次起身之前都要淘气地抖动一下叶子，看一颗颗珍珠似的雨珠儿慌乱地从叶子滚落到地上，碎裂，消失，心安的好像自己帮了黄瓜藤一个大忙！

每次种完花生，父亲总说，等一场春雨，第二天就会发芽！春雨在他眼里比金子还贵重，他常念叨着"春雨贵如油啊！"

后来，喜欢雨天躺在床上，看春雨密密麻麻地扫在窗子上，真像少女一团乱麻的心事！"梧桐更兼细雨，到黄昏，点点滴滴。这次第，怎一个愁字了得"！尤其再听一首伤感的音乐，和着细雨沙沙地轻敲在玻璃上的声音，像无数颗针刺在我青春萌动的心上！总觉得那断了线的春雨是天空邮寄给大地的信笺，是啜泣的冬天写给春天的情书，否则怎么会如此缠绵呢？它们的感情一定浓得化不开！

听着雨声，淅淅沥沥，借着天空的笔墨，我也给心上人写一首诗吧，即使把自己感动到泪流满面，跑进雨里，便不会被人发现！

一帘春雨，恍然如梦！

抬头看到丝瓜叶上那洁净如新的绿，墙角青茸茸的草，麻雀、燕子的羽毛，全然一副干干净净的模样。

这一场春雨想必早已经把少女的心事冲刷得不留痕迹了吧！

日月风尘也一并冲洗得纤尘不染，干干净净！

轻轻晃动着摇篮，女儿依偎在我怀里咿咿呀呀，似乳燕的呢喃。我莞尔一笑，亲吻她肉嘟嘟的小脸蛋，轻声细语：

你是四月早天里的云烟

黄昏吹着风的软，星子在无意中闪

细雨点洒在花前……

你是一树一树的花开，是燕在梁间呢喃

你是爱，是暖，是希望，你是人间的四月天！

曳入梦中的槐花香

初夏时节，坐在院子里，闻得到忽远忽近，时有时无的一抹清香，这香味似曾相识，却怎么也想不起是什么味道。院子里的植物尚未开花，奇怪这花香从何而来呢？院墙高耸，挡得住豺狼虎豹，却未挡住这一缕缕的香。

昨夜清梦之中，院子里开一树粉红色的樱花，风起时，我站在树下，片片花瓣含珠带露地扬撒在我的脸上，扑面而来的却是白日里闻到的那缕花香。

醒来分不清这香气到底是从梦中来，还是白日闻到的香气进入了梦中，开始循着梦的影子四下搜寻。

行至屋后，蓦地抬头，惊鸿一瞥，银瓶乍裂般，愣愣地立在那！回忆如疾风骤雨般向我头脑中扑来，使我应接不暇，故作镇静地在记忆中慌乱地寻找。

这漫山的小白花，是那个四野寂寂，漆黑的夏日夜晚，途经一座大山时，漫山遍野闪着光亮的萤火虫吗？那银白色的光，像仙子闪耀的魔法棒。当时的我，恍若闯入仙子的梦中，如今天一样的惊鸿，呆呆地站在那里，挪不动步，不敢眨眼。它们在我身边飞来飞去，我想轻轻触摸，可刚一伸手，亮光便远去……

抑或是在草原上守候的那个夜空？身体舒展地躺在柔柔的青草地上，草香裹着泥土的香味萦绕在鼻尖，看着漫天的星斗，近乎屏住呼吸般，宁静得只有软风拂过脸颊扇动发梢的声音。满天眨着眼的星星，如一袭用琉璃翡翠织就的锦被，用玛瑙钻石镶嵌着花边，那晶莹夺目的星光，正像眼前漫山遍野开满树的小白花。

原来这是槐花。也只有槐花，才能拥有这样如水如云如雾，无形胜有形，跃过重重树木的阻隔，穿越高墙荡过屋瓦直摄人心的力量。

满山高耸的槐树，已历经风吹雨打的沧桑，可就在这初夏，是它们，开出最美最香的花。像一位历经世事却清纯如初的娉婷少女，在风中曳着轻缓的步子，步步生香。一簇簇雪白，如她一颗颗珍珠耳环，荡漾着青春的涟漪。晓风吹过，像阳光下跃出海面的银鱼，泛起一串串雪白的浪花。

它轻轻浅浅的香，又像是一位从宋词中走来，穿着古典旗袍的女子，阳光辗转，树影婆娑，她坐在树下翻看着一本线装书，熏香缭绕，她香袖轻轻摇曳，拂起一片片雪白的花瓣飘荡在空中。香风在空中肆无忌惮地涌动，我不禁深深地闭上双眼，仿佛抚摸在一匹白云织就的丝绸锦缎上，细腻，光滑，凉润……原来香味也可触摸得到！

霎时想起儿时的画面，父亲总会在槐花盛开的时候，爬上高树，摘一竹篓雪白的花瓣回来，为我们做槐花糖。那是每天放学回家一路上的企盼，跑进院子，冲向糖罐。用手指小心翼翼地沾一滴，放在舌尖，总忍不住闭上眼睛，享受这一抹沁人心脾的清甜。

仿佛只有闭上眼睛，集中精力，细细品味，才对得起父亲采回来的香甜。这甜在嘴角溢出两条向上的弧线，在心间酿出一捧沁凉的甘泉。

那时候便知道，原来好看又好闻的槐花，有着甜甜的味道，那是童年的味道，是整个春天的味道，里面，洇染着父爱的味道。

春去秋来，四季不歇，可年年岁岁花相似，岁岁年年人不同。

不记得从何时起，已没再吃过槐花糖，年迈的父亲早已爬不上那样耸高的树，"萧寺怜君，别绪应萧索。西风恶，夕阳吹角，一阵槐花落"。逝水流年，四季更替生生不息，亦如这槐花开开落落。多少人事在不知不觉中变迁，就像染不完的白发，回不去的童年。

如今，即使采得下来槐花，做出了当初一样的蜜糖，想必吃起来，也不再是当初的味道。这么多年，那软软的舌头已经尝遍了最甜的糖，怎还能记起曾经那一点点香甜呢？

可在我的心里，纵使山珍海味，也远远抵不上父亲亲手做出的槐花糖，那香甜，不仅甜在舌尖，而是甜在深深的回忆里，甜在童年的欢笑里，任时光荏苒，沧海桑田，都不会改变。那是一颗印在心中绯红的朱砂痣，是一缕曳入梦中的槐花香。

暮春一场梨花雨

暮春时节，山野上百花蠢蠢欲动，急切地扑向泥土的怀抱。

山花千万种，但只有梨花撒落春泥的姿态最热烈，最潇洒，最绝美。

白雪般的一树梨花，和煦的阳光抚在上面，晶晶莹莹的，躲躲闪闪的，像花瓣在与阳光玩着捉迷藏。一树的灿烂，好似闪烁的星空，闪烁着的，又像少女锦绣琉璃的梦！

郁郁葱葱的森林碧翠里，这一树花期正繁的野梨花分外耀眼。"白锦无纹香烂漫，玉树琼葩堆雪"，好似镶嵌在夜空上一轮明月，月光照彻夜空，梨花抚慰着森林。整片山冈因此灵动起来，一片未来可期，生机盎然的模样。

伸手轻弯一根树枝，一簇簇梨花乖巧地凑到面前。晶莹剔透的五个花瓣，片片白如雪，玉骨冰肌，不染纤尘的纯净。像一颗颗未经世事，纯如白纸，冰洁如雪的初心。

五片花瓣簇拥着中间嫩如水的花蕊，纤细的花丝上顶着圆圆的粉红色的柱头，娇嫩的粉红，点撒在雪白的花瓣和翠绿的花丝之中。轻风拂过，花蕊轻轻抖动，顿时像一群碧裙粉黛的妙龄少女在花瓣的舞池中曼舞，不胜娇羞惹人怜爱。暖暖的阳光洒在上面，更添如水的温柔。

一树花开正繁的梨花，像在心里种下了忘忧的蛊，禁不住灵魂游走，全被它吸引过去。宁静地望着雪白的它们，染着尘埃的心，渐次剔透起来，看惯沧海桑田的浊目，也霎时晶莹如玉。好像眼前的梨花，就是曾经的自己，此刻，已回归一颗初心。

自然变幻之迅亦如世事的变迁。刚刚还是暖风和煦，忽地山风席卷而来，让人来不及躲闪，一团乌云突然想起个约会似的，急匆匆游走，直到遮蔽住太阳，才安心地停了下来，顿时雨线绵绵。

眼前的一树梨花正随风舞动，像飘荡在浩瀚大海中弱不禁风的一叶扁舟，在空中荡漾，摇摇欲坠。

直到雨点渐密，娇嫩的花瓣赴约似的扑向大地，落英缤纷，一场梨花雨卷着馨香落在发梢，扑在脸颊。整个人深深地沉醉了，恍如轻飘飘地浮在云端，如临梦境一般。一时竟分不清是天上的白雪，还是人间的梨花！一片片花瓣眷恋枝头似的，在空中旋转，旋转……转而又像听到了大地的呼唤，与树枝做好了告别，纷纷落入春泥。

俯首拾起一片落雨梨花，"玉容寂寞泪阑干，梨花一枝春带雨。"暮春时节一场梨花雨，徒增一种伤怀的情愫，像看到一个含珠带露的少女，诉说着一段伤别的青梅往事，杜宇声声不忍闻，雨打梨花深闭门。看到她悲戚地捧起一摊裹挟着春泥的花瓣，深深地闭上眼睛，用力嗅一抹残香，仿佛将无处安放的感情，一一塞进时光的纹路里，藏进记忆的深处。

春去春会来，花谢花会开，可人事消长，沧海桑田。就像蝴蝶飞不过沧海，没有谁会责怪，她只得将心底一隅的那抹残香永远封存，不忍落上俗世的尘埃。

春风的秘密

阳光明媚的四月天，陪女儿坐在院子里玩，一阵狂风呼啸而过，恍如坐在赛马场，听到一声令下万马奔腾，嚎破苍穹，踏破整个村庄而来！

女儿欢腾而急切地跺起脚来，一副享受的模样，紧紧地闭上眼睛，稚嫩的一双小手重叠在一起捂住嘴巴！咯咯咯地笑起来，仿佛被风挠了痒，在和风做游戏呢！

我莞尔一笑。也试着学她闭上眼睛，将刚刚紧锁的眉心慢慢舒展，用心去听风的声音，和煦的午后，感受春风热烈地扑在脸上……

"吹面不寒杨柳风"，是的，让我想到儿时睡在摇篮里，母亲一遍遍摩挲着我头发的手掌！

片刻之后缓慢地睁开眼睛，突然注意到门前大柳树上露出的翠绿芽苞，一串串欣欣向荣的模样，柳枝随风曼妙起舞，澄澈的蓝天万里无云，墙角的石缝里钻出嫩绿色的草芽……内心不禁升起一股暖意！

北方春天的风，曾一度让我十分烦恼，甚至厌恶。只因为大风的存在，我无暇欣赏百花齐放，顾不得看万物复苏，只因这恼人的大风，随时把头发吹成乱麻的大风，我竟有些畏惧春天！

这一刻，我仿佛看到了过去那个挑剔、怨怼的自己。风哪里惹到我了呢？现在想来，我也替它委屈。

你看那春风所到之处，山尖上一排排白色的风车，随风的节奏转动着，好像大海上翻腾的白浪，又像御风而行的帆船！

那是风的舞台。旋转的风车、扬起的风帆、吹起的浪花……那是风最优美的舞姿啊！

它把远山染出一条条青黛，树枝跟着沙沙地响起来了，去年干枯的老叶哗啦啦地仓皇而逃……田野山间开始一场属于春风的花事，杜鹃花争先吐着花苞，星星点点的粉红，点缀在漫山遍野……

　　风吹融了冬雪，让河床敞开怀抱，小河哗啦哗啦地唱起歌来！

　　燕子乘着南风，你追我赶地飞回北方，麻雀迎风欢腾嬉戏，啄木鸟啾啾啾地也开始忙碌起来，大地上你一群我一伙的蚂蚁忙成一团，好像是在奔走相告："春天来啦，春天来啦！"

　　好一群急匆匆来赶春的精灵，是风婆婆给你们送的信吧？

　　"忽如一夜春风来，千树万树梨花开"，我听见了风的声音！

　　风吹来了雪融化的声音，小河涓涓流淌的声音，柳树曼舞的声音，花苞绽放的声音，虫鸣鸟叫的欢腾声……哦，还有窗子上空灵清幽的风铃声！原来风才是这场"天籁"交响乐的指挥家啊！

　　站在院子里深深一嗅，扑鼻而来的是风的味道！风带来了大地苏醒的泥土香，茸茸的青草香，夹杂着杜鹃花香……这是风的味道，是春天的味道，是大自然里生机勃勃生生不息的味道！

　　田野里孩子们以风为马撒欢地奔跑着，以风为船在草地上追逐着，天上的风筝也热闹起来，蜻蜓的、蜈蚣的、蝴蝶的……你追我赶地飞舞着！想起小时候牵着风筝线迎风奔跑的自己，原来是春风丰满了我美好的童年啊！

　　我用心，听到了大自然的秘密：春风是大自然的仆人，是春天的使者！它拼尽全力呼啸而来，努力制造出最响的风声，那是它情真意切的爱啊！它急切地唤醒冬眠的动物，吹醒百草发芽，吹来花开满山，吹到万物复苏……

　　自由的风，是它吹走了雪藏的冬天，吹来载满希望的春天！是它告诉我们，不管昨天如何，都会随风而去，明天总会到来！

　　想起《小王子》中狐狸说的一句话：重要的东西眼睛是看不见的。

当我学着孩子，闭上眼睛，用宁静的心去感受万事万物，世间便不再有林寒洞肃、凄风苦雨！

"心有繁花，满目春色！"这是春风偷偷告诉我的秘密！

清晨的露珠

半夏时节，五点钟的清晨，万籁俱寂。我坐在院子里写字，两只麻雀从台阶跳了上来，毫无畏惧地蹦到我面前，叽叽喳喳地叫着，似乎在议论我属于哪个物种，或是把我当成了一只大鸟。

也对，它们和我有什么分别呢？

昨夜暴雨如注，将大千世界洗刷一新，四野望去，清新通透。远山的翠绿与院子里的红樱桃映出一幅画，麻雀们自在地穿梭在其中，好像是它们的杰作。

起身走近那棵夺人眼球的樱桃树，正红得娇羞，若是一个人，那么该正是少女时节。雨露积聚在上边，仿佛为少女穿上一件珍珠玛瑙缝制的锦衣，新绿的叶子，是她新织的裙裾。露珠积聚在每一棵红樱桃上，晶晶莹莹的，映照出一个不染烟火的世界。

它们若即若离地随风颤动着，摇曳着绵软柔弱的身姿，似乎在欣喜地与鸟雀寒暄，风中颤动的身姿又似乎在凄切地与樱桃告别，楚楚动人。

叶子上的露珠，排好队列一般，敬畏地守护着雨后的清晨，守护着含珠带露不胜娇羞的"少女"。"玉碗冰寒滴露华，粉融香雪透轻纱"，又像闺阁内玉碗中盛着莹洁的寒冰，碗边凝聚的水珠若露华欲滴，为夏季里平添了一股凉意。

当一滴露珠，积聚到足够大的时候，会忽地由圆形变成一滴眼泪的形状，突然想起个约会似的匆匆坠落，便再寻不到它的踪迹。但是很快地，会重新积聚出一滴，如此前赴后继。多像芸芸众生，在各自的人生场上，日复一日过着简单重复的生活，沿着宿命的轨迹，悄悄奔赴，静静轮转。

黄瓜阔大的叶子上的露珠又有所不同，像沙场秋点兵的阵势，密匝匝的好像把大千世界都囊括在其中。一阵风吹过，它们好像听到远方的号角，一声令下，万马奔腾，前赴后继地坠落。虫鸣鸟叫像似在助威呐喊，坠落的露珠砸中地上慌张逃窜的蚂蚁，待它们翻过身缓过神儿来，又加快逃窜的步伐。

于这些蚂蚁来说，或许一滴露水的坠落便是一场生命的浩劫。或许这些大叶子上的露珠是高傲的，繁华一场，连坠落也要轰轰烈烈。甚至它们自鸣得意，鄙视那些樱桃叶上小小的安静的露珠。

阳光升起来了，世间万物沐浴其中，好像各自遇到了一些转折，在生命轨迹上变化着。此时叶子上的露珠，从生机勃勃活力四射，渐渐变小，暗淡，直到干涸，有的留下了一小块印记，有的消失得无影无踪。

有人喜欢用露珠，形容短暂的事物。青春，爱情，甚至生命。但即使短暂，对于一滴露珠本身，亦是完整的一生。

"薤上露，何易晞。露晞明朝更复落，人死一去何时归"。人这一生何尝不是一滴清晨的露珠，无论平淡抑或繁华，所拥有的最终都要交付给大地，所有的经历都会成为不会重来的过去，所有对物质的追逐都如梦幻泡影，如露亦如电，生不带来，死不带去。

我们能做的，只是如是观照，活在当下，用心用情体会每一个清晨。在一个雨后清晨里，去听懂一缕风的温柔，去读懂一滴露的慈悲。

石头记

听不得把某个冷漠无情的人比喻为石头心肠！石头怎无情？如若说石头无情，山河远阔，人间风物，何物有情呢？

"明月松间照，清泉石上流"，你可听到清泉涓涓正是为河石而奏的天籁？它拥吻山高水远，听细水长流，还有谁比它更解风情？

"乱石穿空，惊涛拍岸，卷起千堆雪"，你听到那巨石高歌的壮烈吗？它把惊涛拍岸的悲壮，歌成如雪花飘舞的柔肠！

你看那一个一个小精灵，形状不一，颜色各异，质地不同。每一块都有自己的名字，每一块都拥有独立的灵魂，每一块都曾有不同的境遇，每一块都写有前世今生的故事！

黄色的，白色的，绿色的，蓝色的，晶莹如玉，五彩斑斓……铺满河床，点缀在湖岸……

见过最壮阔的"石头矩阵"是在大理，下银村附近，从古城到喜洲古镇的途中。女儿惊喜地指着远处："大石头大石头，我要去那玩！"我转头，惊叹！爱人立刻把车子停下来，三人径直朝着"石头河"奔去！

整个河床，被大大小小的石头铺满。大的如贪饮的河马，小的如孩童的指甲，星罗棋布，错落有致。小的倚仗着大的，大的围拢着小的，层层叠叠，一副盛世华庭，或喧嚣集市的热闹场面！哗啦啦的河水像来往"石头集市"的原住民，生生不息，曲折蜿蜒，赴约似的流向远方！

孩子和爱人翻起一块块石头，寻宝一样，抓鱼、看蝌蚪、捉虾米，玩得不亦乐乎。从小痴爱石头的我当然也不会放过这场"珍宝满地"的盛宴！

寻了好一阵子的宝，很是为栩栩如生的巨石，不能拥为己有而遗憾。

这群巨石，像大艺术家在博物馆的展览。

有的像狂奔的怒马，有的像满腹经纶沉思冥想的书生，有的像准备跳跃灵动的猴子，有的像阿里巴巴找到的宝盒……我坐在巨石阵里简直痴了，醉了！仿佛坐在一个生龙活虎的世界里，看着斗转星移，听到风生水起！只可惜它们实在是太大，运不回家去。

想来也罢，它们定是大自然的神来之手费心的雕塑，我有什么资格贪恋它们呢？

还有一次是我和爱人恋爱时，旅行在泸沽湖！

环湖的时候，走到一处，突然就呆了，停下来，痴痴地远望。一位戴着斗篷，顶着草帽，撑着猪槽船的老伯，漂荡在湖里，在风平浪静的湖面采摘一种叫作"水性杨花"的植物。灰蒙蒙的天空叠着厚厚的积云，映在清澈如镜的湖面，像极了一幅皖派水墨画。老伯摇着船从画中来！

低头看水，更挪不动脚步。晶莹澄澈的水，一眼见底，一颗颗亮闪闪如星星般的小石头撒落其中。均匀分布在湖岸，五颜六色的，像一个个少女的梦！霎时恍如闪电一般穿过山高水远的阻隔，穿过时空的定数，与前世的自己相见。

我贪婪地将双手伸进石滩，冰冰凉，清爽凝神，好一份盛夏里的清欢！捧起，放落，再次捧起，这是世界上最美好的礼物啊！是大自然用心用爱打磨的珠宝，是记载世事沉浮的手记，是历经千年万年的冲洗，最洁净无瑕的灵魂！

俯身，几乎匍匐在地，小心翼翼地挑选，像出嫁时准备嫁妆一般的郑重。不，还远不够，像农民在金秋收获饱满的果实，像清风朗月的少年苦苦追求到灿若星河的少女！像孤独的灵魂在深山古刹的庙里最虔诚的祈祷……恍若此刻全世界只有我和这一摊的石头，耳朵里只听到寺庙里叫醒师父的"醒板"声，极轻，极轻……时空定格在那一刻！

轻悄悄地拾起，放在手心，迎着阳光，左转右旋，看个仔细！像享受着炽热的爱情，像在读恋人的情书，标点符号都要认真解读，不舍落下！

细微地观察手中的每一块石头。

五彩斑斓的条纹，像一条蜿蜒的河流，又像一块五彩夹心蛋糕，一层一层，好像和树的年轮一样，记录着它的年龄，和那些或绚烂或沧桑的往事。

有的晶莹如玉，迎在阳光下，闪着钻石一般的光泽，好像一位纯洁如雪、冷傲如梅、清澈如水的大家闺秀。

复古的鹅黄色，如江南小巷的杏花微雨，上面的纹理，让人想到抚着古琴痴等纳兰容若的歌妓，稍不注意，就会沉迷到她悠扬空灵的琴声里。

还有海水蓝的石头，表面鲜有杂质，剔透玲珑，像盛着月亮的玉盘！

咖啡色的石头，像一个文人墨客的独处时光，让你一定要轻轻拾起，不忍打扰。

这是大自然给我准备的神秘礼物，我一定要欣欣然地接受才行！

拣了一块，又一块，又一块……每一块都像是自己前世的知己，每一块我都不想舍弃，每一块上都记载着它的清浅流年，每一块都藏着我给予它们的风月情长！

装了满满一盒子，各种颜色，各种形状，好似将这水里经年的风花雪月，纸短情长都要一并背回家！当然，这个工作是爱人来做，因为那盒石头里，装了我们对婚姻对爱情的承诺！这一盒石头是他最情深义重的聘礼，也是我最珍重的嫁妆！

此刻，看着孩子玩弄着一地的石头，想起小时候，家近处那条小河，成日欢愉地涓涓歌唱，像我们这一群孩子的欢声笑语。常和伙伴们一起踩着河里的石头打水仗，抓鱼。

用一块块小石头在河边堵成一个个小池塘，试图留住抓来的鱼，那石头是我们最信任的倚仗，也是小鱼最苦恼的围墙。可最终河水还是会穿过石缝，将拼命呼救的小鱼救出牢笼。

当时我们太小，并不懂那河水像光阴一样，本就留不住。银铃般清脆的童年笑声，也像被时光之石头围困堵截的小鱼，冲破牢笼似的，游向远方。只留下长大以后的我们，在同样的河岸，却再也听不到那远去的笑声。

心中的瀑布

"曲径通幽处，禅房花木深"，如果选择隐居一地，该是如此禅意幽静的地方。抑或是"月出惊山鸟，时鸣春涧中"的空山老林中。

这缘于我素来喜静，清晨寺庙里的"醒板"，夜晚竹林里的月色，静得星星不敢眨眼，静得虫鸟轻声呼吸，静得时间都停了下来，心灵便可憩息在无人问津的角落，安于一隅，有了归处。

然而有一种声音，越是响彻山谷，直入碧霄，听来越觉得心静，什么都无法侵扰的静，这是一挂瀑布的声响。"蝉噪林逾静，鸟鸣山更幽"，便是此种意境。

贵州黄果树瀑布很美，美得惊心动魄。未等看到庐山真面目，便已有清凉的水雾袭身而来，抓挠着你裸露在外的皮肤毛孔，钻进毛囊一般，涌入通体的凉意。巨响灌耳，咄咄逼人，让你无处躲闪。远看像一幅绿水白瀑的山水画，待到走近，轰隆的响声中，反而如进入一处幽静的空间，正如一句话所说：明亮到极致便是黑暗。

瀑水从天而泻，势不可当地扑入绿潭，霎时，潭水飞珠溅玉，腾起数十米白浪，恍如正月十五夜的火树银花，直让人驻足凝望，沉醉其中。奔流的瀑水热烈地沉入碧潭之后，蜿蜒出一条清澈的溪涧，钻过古色古香的木桥，安然自若地流向远方。

仿佛是人的一生，初生牛犊不怕虎的青春年少，莽撞中饱含着气吞山河的勇敢，到沉着冷静，敢于担当的中年，再到坐看云卷云舒，流水端然的暮年。一代又一代人如生生不息的水流，向前奔涌。水雾扑面而来，涤净九丈俗世的尘埃，顿觉神清气爽，清风徐来。

如果说黄果树瀑布是一幅雅致端丽，洗尽凡尘的山水画，那么黄河壶口瀑布就是一座历经千年，饱经沧桑依然隽永挺拔的石刻。滔滔不绝的瀑布之水将坚硬的石壁雕刻成崖，黄色的水流如英雄的血脉，贲张沸腾。站在它面前，会感觉自己渺小如一粒水花，顷刻间便被它气贯长虹的强大气场所吞没，甚至一时哑然说不出话来。

这分明是历代英雄的魂魄会聚于此，否则怎会有如此万马奔腾，势如破竹的气势？他们在此仗剑执戟论英雄，奔涌的黄河之水，气吞山河如战鼓雷鸣，仿佛闻到腥风血雨，看到白刃相接，盖世群雄们慷慨激昂的战歌与汹涌的黄河水交织成一曲荡气回肠的交响乐，直奔日月，响彻云霄。

如今，虽然与它已久别经年，回味起来仍觉得驰魂夺魄。

还有一次是去长白山天池，徒步在一个空幽的原始森林里，沿着湿润润的木栈道蜿蜒前行，林间清新的空气沁人心脾，令人心旷神怡。两侧耸入云天的古树如一位位闲淡山野的隐士，任藤蔓缠绕着，苔藓附着着，他们依然如如不动，仰望着天高云淡，从不低头。

行至森林深处，听闻到震宇的瀑布声，待转过一个弯，不禁惊叹！眼前一挂挂瀑布从天而降一般，恍然是误入了仙境，雾气氤氲在瀑布之中，水花喷溅在我们身上。那一刹那，身如轻絮飘飘然，心中如释重负，被它们夺了魂儿一般，尘嚣涤去，尘劳荡尽。仿佛生命从此而生，没有昨天，也无虑明天，只有当下在轰轰的瀑声中，获得的极致宁静是真实的。

曾想在这群野瀑群边，择一处荒草地，盖一间茅屋，成日听闻瀑布弹奏的筝曲，高山流水知音都前来家中做客。我折一根松枝做蒲扇，煮一壶云水禅心慰流年，炉火燃燃，松香弥漫，邀明月星斗举杯共饮，诗酒对红颜。

朦胧间看到雨后傍晚的彩虹斜挂半空，如一座桥，桥上有披蓑戴笠的农夫扛着锄头走过，他的田地一定是在彩云之间，他饮露为茶，锄雨荷雾，耕耘出满天的逍遥自在。

这是在人头攒动的风景区里所没有的感觉，这份山野间的闲淡深入我心，由此在心中生长出一挂这样的野瀑。常常从喧嚣的红尘中暂时退居于此，将心中蒙上的尘埃洗刷一新，如重新获得了元气，再次步上烟火俗世的漫漫长路，便觉得多了一份淡然和从容。

"萝卜母亲"的爱

暮春时节，陪女儿在院子里玩。跑到墙角的女儿突然大声喊我："妈妈，妈妈，萝卜开花啦。"

我跑过去，很是惊讶。

许是去年秋天，母亲储存土里的萝卜落下一个，现在只有一点萝卜根在土里，大部分暴露在外面。灰绿色的萝卜上面布满了褶皱，褶皱里夹着泥土，毫无一个生命该有的光泽，像一个鸡皮鹤发的老朽！可沿着萝卜往上看，与萝卜本身很不搭配的是一株直挺挺的枝干，像卫兵一样威风凛凛，上面开着一簇簇紫色的小花。

鲜妍的小花，和土地上的老萝卜看上去像是毫无关联的两个生命。一个生机勃勃，娇艳欲滴，一个垂垂老矣，毫无生气。

萝卜花开得正艳，淡黄色的花蕊，雪白色过渡到淡紫色的花瓣，像穿着美丽裙裾的新娘。嫩嫩的叶片，摸上去绵柔柔的，连蝴蝶和蜜蜂也贪恋着它们的柔软，驻足上面闭目养神。春风拂过，缕缕清香飘进鼻子，顿时气清景明，让人不由得升起怜爱之心。

挨着花瓣是一团团翠绿色的花籽，郁郁葱葱地布满枝头。滚圆而饱满的花籽像一个个小婴儿的娃娃脸，一派朝气蓬勃的样子。一个挨着一个簇拥着，像排着队等待升国旗的少先队员。

任你怎么都无法相信，这些生机盎然的花籽和花瓣，是由满身褶皱，丑陋的老萝卜生出来的"孩子们"。

我看得出神。想到眼前这棵老萝卜从去年秋天到现在，整整大半年的光阴，它经历了冷冷的秋雨，刺骨的霜降，皑皑大雪的冰封，震耳欲聋的惊雷，一直苦熬着生命的浩劫，却始终坚强地蛰伏着，隐忍着……

终于等来万物复苏的春天，看着樱花开了，梨花开了，最不起眼的映山红也开了，它知道终于可以奔赴使命，拼尽全力，繁衍生息。便呛着冷风饱饮雨露，探出身子吸收阳光，盼来了翠绿的芽苞，枝干开始向上生长，开出灿烂的花，结出饱满的花籽……它的生命终于得以延续。

花瓣汲取它的营养，越来越灿烂，花籽也越来越饱满。而它，越来越干涸，直至水分营养被汲取一空，周身遍布褶皱，默默地变成一位饱经沧桑的"老人"。但它看着风中飘扬的花瓣，结实的花籽，无怨无悔，心满意足……

我看看身边娇嫩的女儿，想想满脸皱纹年迈的母亲，不禁眼眶温热。眼前干涸如戈壁，沧桑如树皮的老萝卜，不正是一个最伟大的母亲吗？不惜榨干自己的生命，无私地哺育着孩子，像一支燃烧的蜡烛，不惧怕炼狱般的疼痛燃烧出光明，为孩子照亮前路！

清凉如水的月色下，萝卜花随着软绵绵的暖风舞动，眼前这棵垂暮的萝卜正得意地仰着头，笑意盈盈地欣赏它的孩子们，一身褶皱如平静湖面上的一圈圈涟漪，周身散发出母性的光辉，亦如皎洁的白月光。仿佛在温和地说着："看着你们长大，我不惧怕老去。"

生命当像一棵葱

陪孩子在院子里玩，突然小家伙弯着腰像发现宝藏一样欢欣雀跃地呼喊我："妈妈，妈妈，发芽了发芽了！"我跑过去看，原来是母亲菜园子里，去年白露种下的葱，在今年阳春四月又重新发芽了！我亦像孩子似的惊喜！

一排排翠绿色的嫩芽，像一个个初生的婴孩，探着小脑袋，好奇地四下张望。绵软软的春风拂在身上，它们就玩起了老鹰捉小鸡的游戏，你推推我，我挤挤你，调皮地像拨浪鼓一般摇头晃脑，抖擞着精神！忍不住蹲下来，凑近鼻子，一股和着泥土的清香扑面而来，那是春天特有的味道，是生命的气息。

我惊叹！谁不知道北方的寒冬冰冻三尺？去年白露的发芽葱，历经一整个冬季，竟然可以在早春"复活"，重新开始生命旅程！用"复活"也并不准确，或许它们根本没死过，只是冬眠在土壤里！

想到人的一生，或许也会遇到寒冬腊月的雪藏，但如果学习到葱的生存法则，想必也会如眼前这白露葱，暖风一吹，蛰伏的生命便可以重新扬帆起航！

它们的韧劲和耐力像生活在北方的农民一样！

晚秋白露时节，扬撒在土壤里的葱籽很快发芽，长出十厘米高的时候，一场霜降，郁郁葱葱的生命立刻萎谢下来，耷拉着脑袋，抽泣着鼻子，像僵了的蝴蝶标本，一副任你处置的姿态。

然而隔年春天，它们像一群凯旋而归的战士，齐齐整整，威风凛凛地站在我们面前，我看着一个个身体还很软弱但却生机勃勃，一副初生牛犊不怕虎模样的小生命，感动得眼眶温热。

它们和人们一样刚刚经历过难耐的寒冬，是怎样坚韧的耐力让弱小的它们躲得过风霜雪雨的劫难？任它寒风怒号，任它雪落丈高，它们不萎靡也不怨怼，只静静地在土壤里等待，等待……把冰冻当磨砺，把雪水当养料，静待春暖花开，从头再来！

它们从不放弃，同春耕之后等待秋收的农民一样！

冰冻在土地里，连翻身力气都没有的时候，它们没有放弃！刺骨的寒风让本来恶劣的成长环境雪上加霜。

冬天里依然活跃的麻雀，叽叽喳喳不眠不休地欢喜，仿佛在它们面前歌唱着自由。

但它知道，此刻的热闹是麻雀的，与它无关。它只管拼命地吸收正午的日光，储备能量！它们坚信时间不会因为难以忍受而真的停下来，只要时光不停地流逝，终能等到春暖花开。

它们无论成长到怎样的葱茏，都不会忘记守住根底那三寸"白"！

春暖花开，生命重新开始。它们迫不及待地吸收阳光雨露，大自然的精华，加之冬季储备的能量，开始奋勇成长。很快，根扎地更深，葱白长得更长更壮，郁郁葱葱的叶子在风中像一片"麦浪"，这是它们一生之中的鼎盛时期。

但是它不会忘记生命的意义，它知道人们喜欢它们的葱白。

我想做人也当如此，失势时不气馁，储蓄能量厚积薄发。得势时，守住初心，像一棵葱一样，在土壤里，在旁人看不见的地方，深耕自己的"葱白"，守住一颗朴实清白的利他之心。

一叶一桥一光阴，一程明媚一程静

无意中看到一张图片，乍一看是一座半拱形的桥，距离近些再看，其实是清晨一片被露水压弯的叶子，叶片上凝结的露珠，像极了一辆辆雨中行驶的车子。

我不禁莞尔，内心升起一份暖暖的感动。

一片叶子也是一座桥啊！

只不过这座桥不是俗世红尘中的桥，没有霓虹闪烁，车流如织，没有人声鼎沸，尘土飞扬。

这是以白露于俗世围屏的桥，是通往美好的桥。

途经它的，有唐诗中的韵脚，一个脚印留下一首诗来；有采诗官在此迷路，将一颗颗露水吟诵成诗。有林间第一缕熹光，有天空掉下的一朵云，有黄昏牧羊人回家的脚步声，有虫鸣鸟吟拨动的琴弦，有清凉如水的月色在上面散步……

还有四季的诗人坐在"桥边"吟诗。

春天，冬雪初融，小河在它身旁奔涌，吟唱《诗经》。春风途经它新发的草芽，送来万物复苏的春信，它展信是一捧柔软的泥土，夹杂着淡淡的腥香。它唤醒身旁一粒粒草籽，忙着铺好一席绿毯，等着为春姑娘冠冕。它沐浴在姹紫嫣红的热闹中，暗自努力，向美而生。

夏天，它蓊郁葱茏，有荷香作笔在它身旁泼墨作画，画出鸟雀衔巢，乳燕初生。柳枝婀娜，摇曳蔷薇的馨香。菡萏初放，绿裙婉扬，夜虫唧唧，饮醉花影里，以白云赊月色，买酒浣花溪。

而这座叶桥是落款，画作春天的注脚。

秋天，有清风作日月弦，拨出乾坤朗朗，十里红装。它静立风中，看农家的炊烟自在蜿蜒，没有形状；篱笆上的牵牛花悄悄结籽，悉数珍藏；远山被秋风浸染斑斓，秋水将涟漪封存湖心，云在碧海长空安然舒卷。

待月移山影到窗前，它收留秋霜，染成金黄。

冬天，光阴派片片雪花送信来。轻轻落在它蛰伏于冰霜中的草籽上，为它盖好被子。它静静地听雪落下的声音，是天空娓娓道来光阴的故事，是诗人的脚印谱写出浅浅的音符，是梅香踏雪寻来，是大地沉睡的鼾声。

而它，恰是通往春天的桥。早已在往事的屋檐下，燃好一捧炉火，等着四季的诗人经过，烹一壶碗茗炉烟，醉倒在幽径山岚。

这何尝不是一座通往自己内心的桥？有了这一座桥，我可以娉婷前往湖心亭赏雪，可以闲坐桥头览满塘月色，可以静看一池秋水浣红叶，可以笑对孤舟蓑笠翁，鱼衔花影去。

有了这一座桥，向前有坦途，有花香草香铺路，有流水拂弦涤尘。回头有退路，有清风篱笆围屏，有鸟衔月色开窗。

内心有了这一座桥，时光无澜，年华静好，花悠然地开，草寂静地香，岁月悠长，如歌嘹亮。

看着眼前这座"叶桥"，忽地想起顾城《门前》里的一句诗：草在结它的种子，风在摇它的叶子，我们站着，不说话，就十分美好。

想到此，内心莞尔，一叶一桥一光阴，一程明媚一程静。

铺一席素简，早餐吃进一碗欢愉。

一颗露水里，养着一圈年轮

曾看到蒋勋先生写过一句话，"心存美好的人，才能看到清晨的露水。"

初见这句话，内心生出小欢喜。我是那么喜欢清晨的露水。

静谧的夏日清晨，我会看到院子里，叶子开的客栈住满了客人。它们乘着昨夜清凉的月色来，或是被山风吹来，或是鸟鸣衔来，或者，是替远山的花香送来一封花信，展信是满院子的花凉。

我给露水起一个名字，叫作"花凉"，它的确是一朵踏着月色赶来，开在晨雾里的一朵凉润润的花。

我安静地坐在它身旁，细细地看着。像一团新摘的透明棉花，软软的，柔柔的；像一轮十五的月亮，晶莹剔透，纤尘不染；又像一个初生婴儿的脸，未经世事，纯净如洗，让人忍不住想上前亲吻一口。

把鼻子凑近，知道它是有味道的。有月亮的味道，一种淡淡的不惊不扰的味道。时常也想用舌尖轻轻地尝一口，但总是不忍。可只是看着，我也知道，它一定是甜甜的，是天空上的棉花糖掉下来的一朵。

我看到它浅浅匀匀的呼吸，吸入一缕缕薄雾，呼出一朵朵云来。

霎时，我的心一寸一寸地渐次柔软，生出一捧欢愉。

徐徐清风，像清晨寺庙里小和尚踏着的"醒板"，极轻，极轻地拂过，一颗露水在叶子上圆滚滚地动一下，仿佛在伸着懒腰，揉搓着睡眼，向我撒着娇。我宠溺地看着，微笑溢出嘴角，似乎听到它娇滴滴地呢喃。

我相信一颗露水里，有一个与世无争的世界。

那里有月色围屏，鸟鸣衔床，有清风裁衣，云散步种花。它就那么不惊不扰不念俗尘，安安静静地坐在一叶草芽上，吟风醉露，沐浴焚香。

仿佛它来到这个世界，只是为了悠然地看花影挂帘，松风煮茗。只是为了守护寂夜，等待清晨第一缕熹光，它便悄悄散去，化作农家蜿蜒的炊烟，或篱笆下的一颗花籽。

我想住到一颗露水里，仿佛肉身浸于烟火太久，抽离到一个纯净温暖的茧里，再也不想出来。

若在一颗露水里安家，会有月移堂前只为照亮我手翻经卷的壁影，会有花香织影在凄清寒夜为我披一身清风衣，会有流水拂弦为我沐浴熏香，会有一片闲云来枕畔为我枕云酣眠。

想到此，我惊觉，如此静谧美好的一颗露水，为什么从前我从未发现呢？为什么我从未为了一颗露水停下尘世匆匆的脚步？为什么我从未舍得用一整个清晨，什么都不做，只是坐在它身旁，静静地看着它？

而如今当我如此做的时候，仿佛关上了一扇门，俗世种种闯不进来。也仿佛推开了一扇门，拥有一个全新的世界，在这个世界里，我看见了最初的自己。

所以我笃定地相信，一颗露水里，养着一圈年轮。

而这是大自然里的一个锦囊，藏在岁月深处。只有走到那一圈，才会看到这个锦囊里装着的美好。于是，我沿着一圈圈年轮，深情款款地向岁月深处走。

直到一颗心，有草木供养，清新如初，宁静如云，我才发现：一颗露水里，有一个美好的世界。

秋意浓

"秋意浓,离人心上秋意浓,一杯酒,情绪万种……"多年来,每逢秋至,都会翻出张学友唱的这首《秋意浓》,仿佛是一个收藏往事上了锁的箱子,播放键是一把钥匙,刚一触碰,往事忽地扑出来,来不及闪躲。

才惊觉,秋,是往事的信使啊,落叶是邮戳,寄到离愁的地址。

一叶知秋,秋天踩着一片片叶子来了。

斑驳的脚印在叶子上写诗,颜色渐深,情愫渐浓,直到染成绯红,染到金黄,秋天展卷,一笔一画里是深情地走笔,一句一行里是相逢的欢愉。

是人生与智慧的相逢,是饱满与收获的欢愉。

你看那云,终于盼来碧蓝如洗的晴空万里,此刻蓝天像摊开的一方素帛,任云自在地涂抹。也像一袭纯蓝的绸缎,一朵朵洁白的云,是一枚枚精致的盘花扣。

湖水将一圈圈涟漪收入湖底,波澜不起。水天一色,像一面安然的古镜,照见世界最初的模样。你坐在它身旁,心自然静下来,静到一滴水珠里,静到一片云影里,静到一尾鱼衔来的秋风里。

此时,走近一片金黄的稻田,蛙声唱响丰收的赞歌,饱满的稻穗低垂着头,抒写着秋的谦卑。像远行归来的学子,才华横溢,学识满腹,埋首挥毫秋的长卷,提笔便是清风朗月开暖窗,落笔是秋意浓,岁月长,步步稻花香。

院子里的银杏叶,像在与我娓娓道来秋天的故事,一字一句的温暖,一笔一画的洇染。由翠绿,染斑斓,到一抹纯粹的金黄,恰似人到中年,经过了懵懂的春,热烈的夏,已看过烟火繁华,经历过起起落落,才发觉,时光是一张神奇的筛子。

筛掉了那些外表绚烂却耗心费神的事物,筛掉了那些不舒服不自在的人际关系。行经到此，已经拥有足够的智慧辨认生命中最重要的那一部分，已经懂得美好并不是五彩缤纷，而是一抹纯粹的颜色，如一枚无半点杂色、金黄的银杏叶。

人到中年恍知秋，才懂得，大美至简，才安然，风声岑寂。此时心境如碧水长天，如平静湖面，气清景明，风轻云淡。

我相信，秋天有一颗老灵魂。一颗在做减法，享受素简的老灵魂。

年轻时，如春夏，有将四季洇染斑斓的豪情，害怕孤独，更难以独处。一直在做加法，不断地追求，去满足没有尽头的欲望。那欲望像春天新抽的枝丫，像一夜间绽放的樱花，像蓊郁的森林，数不清。

直到秋天，百花凋谢，树叶开始零落，而果实渐渐丰满。才懂得，原来过多地追逐只是负累，生命有其不能承受之重。再多的拥有，也会随着时间的流逝，季节的轮转化作虚无，化作一片落叶碾入泥土。

多像人半生的修行，褪去了繁华的外在，更注重内心的丰盈。看着树叶一片片落入泥土，我们的心反而踏实下来，看懂了生命的归处，看懂了我们的一生和一片叶子并没有区别。

在秋天，我们学会谦卑，在一片落叶的身上，看到渺小的自己。所以不怨怼，不嗔怪，顺其自然，接受自然的规律。

在秋天，我们学会活在当下，在一颗果实的身上，看到精神世界的饱满。所以不刻意追逐明天，只踏实地播种，耕耘，欣赏花开花落，笃定地相信生命的果实会日渐丰满，只需要过好今天。

你若美好，清风自来。

所以，心渐通透，如秋日干净的蓝天；眉渐舒展，如一朵绽放的白莲。

"舞秋风，漫天回忆舞秋风……"曾经年少时惹泪的歌词，如今再听来，人过境迁，时光知味，过往都化作一缕缕轻烟，随风远去。

原来，再浓稠的回忆在秋风里，都会散去；再热烈的情感，待秋风起，风轻云淡。

心有草木，满山知音

看到过一句话："只有内心装着美好的人，才能看得到路旁草芽上的一颗露水。"

深以为然，总觉得人生不管在何种境地，都该在心底蓄养着一份诗意，有一颗草木心。而一个人有了这草木之心，才能常欢喜，得自在。

有一颗草木心，你走在冬日的白雪里，身后一串串脚印里能长出一行诗来。咯吱咯吱的脚步声，是你的双脚为大地吟哦着《诗经》。

寒梅在老枝上发芽，你会急着点燃一捧炉火为它取暖，等一场初雪落，簌簌落在你心里，又在心底开出花来。

你折一枝瘦梅插在窗前的净瓶里，便把春天请进了屋。

心有草木，你听得到鸟雀衔来春信，在你门前撒落满园的花籽。你看得到草芽欣欣然睁开睡眼，如小溪跳鹿般雀跃。

满山的樱花树抽出嫩绿的芽苞，恍若是你心里春水初生，花骨朵儿结在心底。于是你的眼睛里蓄满春的水泽，耳朵里有春风流泉，山花一朵朵，挂在你眉间。

心中植草木，你看得到荷香推开月色进屋来，在你案前洇染三分静气。你翻开的一本线装书里，有古人走出来坐在你窗前纳凉。他翻着一册古籍，某一页里掉落出旧时月色，照着夜虫唧唧，低低耳语。

而你坐在一丛明月抱来的花影里，花香围屏，云衔远山来做客，松风摇扇，流水烹茶，以光阴盏，你与岁月把酒话桑麻。

秋风起，秋意浓，红叶飘零，但心中草木依然葳蕤。林深幽径，鸟雀闲庭，草在结籽，等松子，摇落岁时秋。

有落叶远随流水香，云影引路，至古寺禅房，看见摇着经幡的僧者一袭孤绝的背影，时光忽地静到岁月深处。你寻幽的脚步停下来，停在一滴白露里，晨钟响起，尘埃落尽。

心有草木，便愿意用一整天一整天的时光闲散地走在林间，听瀑声轰轰涤净双耳，溪涧涓涓冲刷心尘。坐到一朵花旁，看它缠蜷，结籽，又开花。

坐到一棵老杏树下，任花瓣闲闲地落半山，内心的老灵魂安然地打坐，全然不知。

为夏蝉谱一首曲子，唱给月色听。

愿意在清风过处结庐而居，听明月到窗前闲话，竹篱蔷影耳语，看流水浣花织锦，花香草香来补屋。虫吟铺床，鸟鸣盖被，萤虫提灯，你展卷，清浅时光，娉婷走来，衣襟带花，步步生香。

"草色新雨中，松声晚窗里"，你坐在满院松风里，雨后的草芽在你的心里疯长。

月光研磨，春风作词笔，一笔一画皆是碗茗炉烟，一草一木都是款款深情。

心有草木，眉间自会生清风，目含秋水，颊染桃夭，走一步是一步的山花开，吟两声是两声的云水谣。

时光住处，炉火正暖，你备好一盏淡茶，迎来满山知音。

第五辑　将光阴走到柔软

遗落在凤凰古城的旧时光

有一种风景，当你身临其中，仿佛在翻看一本泛黄的旧相册，积满青苔的光阴渐次剥落，那些被岁月流水遗忘的故事又攀延着记忆的触角，回到九丈红尘中来！

凤凰古城便是这样一种耐人寻味的风景，她像一个穿着古风旗袍的女子，云雾缭绕的远山氤氲出一幅水墨画，在她曼妙的身段上洇出一波波涟漪。

她的身上满是被岁月轻抚的色泽，每一个纽扣都有谜一样解不开的光阴故事。

碧绿的沱江，如一只妖娆的凤凰蜿蜒在古城中间，涓涓流水生生不息，与两岸来往的人流、鳞次栉比的吊脚楼琴瑟在御，缠缠绵绵。那清脆的声响如一串悦耳的银铃，洗涤着人间烟火里的尘埃。翡翠一般的石头，静定地盘卧江中，长满积年的青苔。

任岁月匆匆老去，任时光之流的冲洗，它自顾仰望远山雾霭，云淡风轻，听着逝水流年的绵歌，安然独处，如如不动。

老旧的木船来往如梭，轻柔地划过江水，洇出两条似乎永远不会交集的水波，霎时朵朵浪花在水里热烈地翻滚，发出清灵的响声。听得心不禁潮湿起来，凉凉润润，生出新绿的苔藓，在沱江柔软的波光里，忽地与过去的旧时光重逢。

撑着长篙的船夫蓄着如雪的胡须，立在船头，逆风凛凛，老者的胡须像他被岁月折弯的腰，向后拂去。他坐看风起云涌，淡对潮起潮落，眉心舒展，笑意安然。

他以激起的浪花配乐，唱起清幽空灵的苗族山歌，歌声被前行的船拉地悠长，绵延……仿佛在记忆的尽头拼命地呼喊，在湍急的水流里打捞着光阴洒落的故事！

横跨两岸的虹桥好似一位俊朗伟岸的英雄，在经年的风雨里守候着温柔的沱江和岸边纯朴的人们。

从此岸到彼岸，桥上的石板已被来往如织的脚步打磨得光滑如镜，石阶的棱角已被摩挲地圆润生辉。仿佛人的一生，历经跌宕起伏，荆棘险滩，在坎坷重重的岁月冲刷中，棱角渐次模糊，打磨出一颗历久弥坚，圆润饱满的心。

回望来时的路，发现那些曾经拼命挣扎的穷途末路，走过来时已是玉树琼枝，柳暗花明。

亭台的穹顶壁画斑驳如诗，古今多少文人雅客在此伫立遥望，看奔涌的江水感叹逝水流年。古旧的吊脚楼世代更迭，传颂出多少感人的故事，在历史的长河中，纵然风雨飘摇，却始终屹立不屈。

江中飘摇的木船如我们自己，像人生浩海中一叶扁舟，在更迭变化中守候着永恒，在波涛骇浪中扬帆远航。

江边的浣女敲打着手中的棒槌，叮当作响，那激流勇进的声响，像是对生活绝不妥协地呐喊，又仿佛在倾诉着平凡人家的烟火故事。是岸旁哪个苗族人家待嫁的女儿，在一弯江水里梳妆着易逝的青春。抑或是哪个红烛轩窗里贤惠的妻子，盼望着远行的丈夫归来，在奔流的碧水里，抒写着涓涓的思念。

棒槌发出一声声脆响，随着妇人的思绪忽而柔情似水，忽而铿锵激昂，仿佛是跃动的音符，谱写着纸短情长，我听到流水声里传颂着她内心的呼唤："我住长江头，君住长江尾。日日思君不见君，共饮长江水。此水几时休，此恨何时已。只愿君心似我心，定不负相思意。"

恍然间，已华灯初上。岸旁的吊脚楼烛影婆娑，摇曳着烟火人家的温暖，轩窗里窜动的火苗仿佛是情人间的温声软语。木窗上的风铃，叮叮铃铃，悠远空灵的声响好似风与月色的蜜语缠绵，抚去旅人的疲惫，也带给奔波红尘的心一丝妥帖地安慰。

江边桥上，红灯盏盏。清凉如水的月色铺满黑夜里寂静冷清的湖面，光影摇曳，似一尾尾跃动的银鱼，在江水里晶莹闪烁，如思如诉，泛起的丝丝涟漪，记录着这座城市静谧的今夜，和繁华的过往。

掬一捧沁凉的江水，扬洒出一串清凉的珍珠，落入流水，荡起一圈圈霓虹的倩影，像一串串未完成的梦，一个个久别的旧人，在此刻夜色里的旧时光，再度相逢！

夜渐深了，风声岑寂，卸去漫漫征途的疲惫，打包好满肠愁绪，装进一盏莲花灯，盛满期许的祝福，轻轻放逐在江流中。望着河灯漂浮在水中，渐渐远去，心里仿佛剥落了积年的苔藓，轻如飞絮。

起身掸去俗世一身尘埃，将自己放逐在霓虹摇曳的江边月色，拾起遗落在古城里的旧时光，淡然烟雨，无关风月。此去经年，天涯路远，愿以一颗寸丝不挂的素心，竹杖芒鞋轻胜马，一蓑烟雨任平生。

在乌镇，等清风来，等玉梦侵

　　每次看到"清风徐来"这几个字，总让我想到乌镇。仿佛看见在江南烟雨迷离的青石小巷，与一位身着典雅旗袍的女子惊鸿相遇。

　　她从遥远的宋词中随光阴流转的徐徐清风婀娜而来，迈着美得惊心动魄的步子，娉娉婷婷，摇曳生香。我与她擦肩而过，她玉臂轻摇，香袖婉扬，肤若凝脂的耳边，发丝如黛被柔风拂起。顿时，被勾了魂儿一般，回头驻望。

　　蜿蜒的绿水，好似她窈窕的身段，曼妙生姿，仪态万千。柔风拂过她的黛色裙裾，衣袂飘飘。轻烟薄雾洇染在水面随着柔波荡漾，好似一声声絮语，与岸边古旧的木楼耳语缠绵。

　　水岸的石阶上，一层层斑驳的苔藓，是她经年不与外人道的心事，一颗看似碧波荡漾的春心其实早已苍绿。流水涓涓是她骨子里温婉的性情，阳光柔柔地铺洒在上面，漾起一条条清浅的波纹，是她在等待一个人，等一段青梅旧事，等清风来，等玉梦侵。

　　顷刻间，桥下划过一艘乌篷船，像听到了她心底的呼唤，匆匆赶来，撑着长篙的船夫，迎风而立在船头。厚重的积云挡住斜阳，像船夫溢出胸怀的情愫。

　　霎时细雨绵绵，一滴一滴轻轻敲打着水面，平静的绿水上泛起一圈圈浅浅淡淡的涟漪，多么温柔的涟漪。那是船夫以长篙研墨，以清风为纸，抒写着只属于他们的青梅旧事。

　　乌篷船划出两条翻腾的浪花，那是他给予她久违的热烈拥抱。绵绵的细雨，是她错失青春，如今故人重逢，喜极而泣的泪水，如絮的清风，是他只给她一个人的绵绵情意。

我分明看到一位俊逸朗然的船夫，拥抱着一位身着轻纱的女子，他们伫立船头四目相对，含情脉脉，相顾无言，但眼波流转处，已如樱花盛开，空气里溢满了爱情的香气。

　　可转眼间，船便不得不随时光之流远去，空留下一池春水，待涟漪平复，连他曾来过的痕迹都寻不到。

　　她孤影萍踪一般，轻轻涌动，如泣如诉。

　　听得到水花拍打在堤岸的声声回响，那是她一遍又一遍心痛地吟哦："人间自是有情痴，此恨不关风与月。"

　　在小镇岑寂的黄昏里，她泛起一道道银光，似转瞬白头的思妇，浴火重生，之后风轻云淡。

　　两岸霓虹摇曳，光影婆娑，演绎着人间的风云变幻。行人来往如织，在各自的光阴里奔赴前程，谁人会慢下脚步停下来倾听她的心事呢？

　　拱桥如虹，蜿蜒在绿水之上，这一座座镌刻光阴的石桥，承载着这里人们的离合悲欢。时光如弦，它们像一个个音符，用流水谱写着四季的旋律；岁月如歌，它们像饱经风霜的老者，吟哦着逝水流年的曲子。

　　它们伫立水上，从清晨雾霭，到日暮斜阳，看尽了千年来的人事消长，东海扬尘，早已修得一颗如如不动的菩提之心。

　　任岁月风雨在它们身上摩挲出星光闪亮，它们如同包了浆的老旧时光，纵然沧桑老去，但依然熠熠生辉，神采飞扬；纵然光阴如剑，疼痛万千，但仍伫立在岁月的彼岸，静听风生水起，甘之如饴。

　　若赶上飘雪的季节，小镇洇染上格外的静气，像一位素雅端庄的淑女，片片雪花里都写满诗情画意。红彤彤的蜜柚悬在岸边树上，像她心头一颗朱砂痣，里面满塞着少女懵懂的心事。一座座半圆的虹桥似深谙禅意的老者，伫立在松风停云处，面对着他，便可忘却功名利禄，世事浮华，便可持一颗素心，闲钓风月，醉卧白云。

　　想留在这里，择一处老旧的木楼，闲时半倚轩窗，静看窗外流水人家，掸去一身烟火浮华。屋内有一知心人，正盛水浇花，烹火煮茶。

细雨淋漓的清晨，两人挽手漫步在泛着波光的石板路上，行至昭明书院，临窗而坐，展开书卷，关上红尘的门。

彼时，窗外的繁华纷扰，细雨绵绵都与我们无关。你读艺书史哲，我览宋词唐诗。倦了枕书小憩，累了按背揉肩，你侬我侬，雨也绵绵，情也绵绵。

黄昏，踏着雨后彩虹款款而归。在路过的老邮局，择两张好看的明信片，记下你我日常的点点滴滴，互诉此情不改天荒地老的情意，投入彼此心底的邮筒，愿意在逝水流年里载着它们缓缓老去。

携手并肩倚望着时光清浅，相濡以沫共度着锦瑟华年，纵然光阴似箭，那又怎样？在时光的岸上，拥有彼此的每时每刻已镌刻成生生世世的永远。

就这样，两个人，守一座城，听松风竹语，看流水端然，一生一世，来生来世，永永远远……

烟雨丽江

丽江，只是听到名字，心已经悄然湿润！

如果说所有的相遇都是久别重逢，那么每个人与丽江都有宿命一般的前缘。多少人为它魂牵梦萦当作毕生的向往，多少人为它告别故土生生世世留守在它身旁，多少人沉醉在与它惊鸿的相遇中，甘愿将青春在此埋葬！

最令人沉醉的该是烟雨中的丽江！

纳兰容若曾写道："将一声声檐雨，谱入愁乡。"雨线绵延，丝丝缕缕，似剪不断理还乱的愁绪，让多情的人愈加生情，让悲情的人愈加伤怀。

想必他没有见过丽江的雨。幸好没有见过，否则如此缠绵煽情的细雨，让这个多情的词人如何安放自己的一腔情愫？

有人说丽江是多情的，其实多情的是丽江的绵雨。积年的青苔附着的青石板路，渐渐泛起晶晶莹莹的光亮，蜿蜒在整条巷弄，一场约定好的雨就这样曼妙婀娜地来了。

它纤柔的身姿拂过巷陌的柳堤，一弯清泉溪涧含情脉脉地仰慕，两旁古旧的木楼，低首致意，沧桑的黛瓦向她眉目传情。

她轻叩在斑驳木门上锈蚀的铜环，仿佛听到楼中的情人窃窃地呼唤；她翩翩起舞在阁楼半掩的轩窗，仿佛点点滴滴，凄凄沥沥都是她洒泪书写的真意！

她似乎在等待着一个温暖的臂弯，将冰冷的她揽入柔软的胸怀！

细雨如丝绸一般绵密，轻扫在古老的木楼，倾诉着光阴的故事。蜿蜒远去的古巷，恍若古城曲折无定的注脚，随岁月的流转，沧海桑田。

像看不清的前生，和望不见的来世交叠在此时此地，空气里云雾氤氲，雨意迷离！

风里湿湿的情意，浓得化不开！

心不禁滋生出碧翠的青苔，将过往云烟层层叠叠的裹挟而来！撑着一把油纸伞的情侣，从巷弄的一端款款走过，娇柔娉婷的少女依偎着风度翩翩的少年，他温热的手掌轻抚女孩结着雨露的长发，好似剪下片片雨雾化作绵绵情意妥帖地安放在她心底！

宽广的四方台如九丈红尘，包容着所有远方的来客，和回首的归人。

角落里旋转的水车吱嘎作响，缓慢蹒跚地转动着，仿佛一位记录光阴故事的老者，背负太多昔日过于沉重的诺言，撰写太多今时的离合悲欢，沧桑溢满心怀，在轮回的光阴里沉重地难以挪步！

水车里滚滚不息的流水，似涛涛不尽的情海，总有人前赴后继地投奔！尽头倾泻而出的，如飞逝的流年，亦如时光游走，不必挽留，亦无须挥手。

一旁的许愿树，彩色斑斓，不知是哪位仙女遗落凡间的锦绣丝帕？枝头被浸染尘寰的人，悬挂上多少真情多少假意？抑或多少一个人低垂的叹息？

如果人情世事如上面一块块染着墨香的许愿牌那样永恒多好。任凭似火的阳光洒在上面，将字迹斑驳成一块块琉璃的轻梦；任凭岑寂的风，舞弄雨露玉液浇离，将一串串木片摇曳出叮咚脆响，它自饮风如甘露，剪一匹雨雾围裙裾，扯一匹白云裁锦衣。

就这样随风轻柔地摇曳着，坐看云卷云舒，笑对沧海桑田，将一对对情侣的诺言凝望成生生世世的永远，将落寞的字迹拂去空夜寂寂的孤单！

烟雨中的丽江，它太过绚烂，相爱的人是街头最曼妙的风景，比星光更耀眼；它太过烟火，成双成对，烛影摇红，容不下遗世的孤单；它太过岑寂，只一场细雨便足以牵扯出太多回忆；它太过缠绵，阡陌交错的不只有古旧的木楼和积年的青石板路，更是轻风拂过旧时光，细雨吟哦在身旁。

这里可以为相爱的两颗心滋生暖意，再添温柔，却给不起孤独的心妥帖的安慰！

可这不是她的错！她生来便是一颗多情的种子，是玉龙雪山上的女巫下在尘世的情蛊，绵绵细雨如泣如诉，那是她含泪写给玉龙王子的情书。

她亦是一位多情的女子，却生生世世只能守着一座城的孤单，望着凡来尘往，萍聚云散，承载别人的缠绵，却都与自己无关！

"杜宇声声不忍闻。欲黄昏，雨打梨花深闭门"，每当黄昏踏着雨幕而来，梨花胜雪，铺满石阶，时光美得惊心动魄，她不忍去听闻杜鹃凄切地鸣叫，不忍看窗外催人泪下的梨花雨，只得重门深掩，藏于闺阁，将凄楚的相思关在门外。

她守着一座城，在等一个人。

不管你来，或者不来，她都在那里，不离，不弃。

她就这样一直守在那里，隔着雨幕吹奏着空灵悠远的葫芦丝，声声悦你耳畔，与你缠绵，每一曲弦音都是她与你久别重逢的寒暄，也是她情真意切的呼唤。

在白族古院落里，邂逅前世的自己

进入大理古城附近的甸中村，是一条笔直的村道，仿佛是一封苍山表白洱海的信笺，坦诚而直率，从西边巍峨的山脚笔直地伸向东边远阔的洱海。

朵朵白云飘浮在万里长空，此时，碧蓝的天空像一架棉花糖机器，以清风做糖砂，滚动出一支支硕大的棉花糖，挂在空中，风拂动青草的沙沙声，好似在吆喝兜售着满天的甜蜜。

四野望去，弯着腰的农民在一望无际的田野里耕耘，微风轻抚着大地，青草麦苗齐刷刷地弯下腰，农人的身影在庄稼后面起起伏伏，忽近忽远。格子方块的麦田，像分割好的一块块蛋糕，弯身劳作的农人又好像一只只贪吃的蚂蚁，在啃噬着一块甜美的糕点，久久不肯抬头。

田间地头星罗棋布着一棵棵圆圆的树木，如绿灯笼一般挂在那，守望着农人和田野。

途经的村落，新式的白族房屋鳞次栉比，街道两旁的芭蕉叶华盖如伞，芭蕉尚未成熟，一只只小手似的挂在枝头，和叶子一样翠绿。蹲在自家门口的农户会热情地打招呼，用白族方言问询我们从哪里来，还会把兜里现有的糖果、蓝莓往孩子的小手里塞。

再往前走，便寻到了几百年前原汁原味的古村落——甸中村。村子中心的位置，是村委会和本祖庙，本祖庙保留着几百年前的模样，低矮的木质房屋，里边装满了光阴的故事。

黑色的瓦片，斑驳陆离，满目沧桑，历经几百年的风霜雪雨，硝烟炮火，片片屋瓦记录着这里的经年往事。

深棕色的木门，被数不清的香客抚摸出包浆的色泽，阳光下，像一位慈眉善目的老者露出安然闪亮的微笑。庙里香火旺盛，缕缕青烟透过高耸的院墙袅袅而升，那是村民们虔诚的祈祷。

村子里的房屋大多是木质结构，侧面是洱海中打捞的泥沙堆砌而成，阳光下，夹杂在黄泥中的贝壳熠熠生辉，仿佛诉说着村落里不为人知的旧事，为这个古老的村子更添几分神秘。

推开一户白族人家半掩的木门，锈蚀的铜锁敲击在古旧的门上，环佩叮当，惊醒了尘封千年的往事，仿佛踏入这个门，便穿越到千年之前的光阴。

三栋双层木楼与大门围成一个正方形的空间，青色的瓦片鱼鳞一般覆在楼顶，饱经沧桑的色泽，像穿越世纪的老人在阳光下晾晒着自己一段段刻骨铭心的旧时光。

红色的木楼被岁月的风雨摩挲出圆润的光亮，如一幅中世纪壁画，有耐人寻味的美感。斑驳的油漆好像历经多年却仍未愈合的伤口，风吹落一块，仍有丝丝缕缕牵肠挂肚的疼痛。

竹竿撑起二楼的轩窗，遥望着历史风云，感怀着多少人事更迭。几百年的历史长河，多少风起云涌的岁月，已随波远去，在今人无法企及的久远年代，化作一团浮云，一缕清风，久久地飘荡在村子的上空。

恍若看得见一位红粉佳人，在闺阁内，斜倚着软榻香枕，闻香落泪，"花自飘零水自流。一种相思，两处闲愁"，她在等故人归，等清风来……

两盆巨大的阔叶植物守在厅堂两旁，如忠诚的护卫一般，房间内的烟火就是它们守护的人间。两侧陈旧的马槽里种着一排排圆滚滚的多肉植物，在静谧的光阴里栽种出别样的柔软。

或许这是房屋主人心灵的憩息地，想要在繁华浮世里采撷一个人的清欢。摇晃的晾衣绳上，晾晒着几件薄衣，和煦的阳光包裹在上面，又影影绰绰点洒在地面，光影婆娑，像不小心泄露了衣服主人不愿与人说的心事。

有风吹来，衣裳如翩翩起舞的蝴蝶飘荡起来，缠蜷的衣角向遥远的长空荡去，牵动着我的遐思向无际的远方蜿蜒……

　　坐在院子里仰望，木楼的瓦片裁剪出正方形的天空，这是只属于一个人的天空，像自然之母特地为我摊开的一方宣纸，任由我抒写心底难耐的思绪。我便自由地以风为笔，以云为墨，肆意洇染着万马奔腾、惊雷滚滚的千般思绪，不必担心凡世惊扰，不必理会墙外喧嚣，哪怕这里已乱石穿空，惊涛拍岸，哪怕思绪如野草一样茂盛，逆风而行，那又怎样？

　　这是我一个人的天空，在这里我与过往光阴化干戈为玉帛，执手做自己时光的裁缝，把光阴的荒凉和苍老，把光阴中的边边角角，把满地荆棘，不堪和挫折统统拾起，缝成一朵灿烂的莲花，别在衣襟上，在心头洇染一抹禅意。

　　在怒风狂浪里，以光阴为楫，任风吹，任雪来，曾经以为过不去的万水千山，走过发现皆是良辰美景。

　　恍然间，耳畔响起唱诵经文的梵音与笃笃的木鱼声，好似从遥远的天边传来，空灵，寂灭，丰满，动人心魄，忍不住起身四下环顾，寻找。

　　看到厢房厅堂里端坐着几位白族的老阿婆，青丝白发上戴着粉红色的头巾，如纯白的雪地里盛开着鲜艳的大牡丹，有一种摄人心魄的美。耳际的银饰在昏暗的房间里如闪亮的星斗，熠熠生辉。

　　她们手捧经卷，颔首低眉，念念有词。脸上深深的皱纹如沟壑嵌在大地般黝黑的皮肤上，随着口中唱诵的经文，脸上的线条此起彼伏，如一个个跃动的音符，谱写着一曲曲不生不灭不垢不净的弦音。

　　佝偻的身子匍匐在敞开的经卷前，仿佛发心将自己的今生和来世一并交付给经卷中莲净的光阴，如此虔诚的专注，眉间风轻云淡，无尤无怨。

　　分明已是年过八旬饱经沧桑的面容，却透着孩童一般的天真纯粹，似乎看得见她们的眉间正悄然绽放一朵洁白的莲花。她们像一群从唐朝经文中走来，却忘却年龄未染纤尘，活成了没有朝代的人。像一位位如法得道的僧侣，在经卷里已修得几多禅意，在俗世的光阴里栽种着菩提。

这一刻，我仿佛与前世的自己，在这个古老的院落里劈面相遇，忘记了自己从哪里来，要到哪里去。只听闻着梵音天籁的指引，端坐阿婆们身边，翻开一卷经文，顿时如行至一潭寂静清幽的莲花池，忘却昨天，淡然明天，虔诚地吟诵着："凡所有相，皆是虚妄。若见诸相非相，则见如来……"

呼伦贝尔，心灵的回归之旅

拽着盛夏的尾巴，驱车 1500 公里，赴一场旧日的盟约。

汽车变得越来越渺小，四野越来越辽阔，已进入到呼伦贝尔大草原的腹地。

弥望的是翠绿的青草，在圆圆的山头与山坳之间，连成一条条柔和的绿色曲线，似美人曼妙婀娜的腰身。草有高有低，一抹的碧绿，晨露尚未散去。

晶莹的露珠均匀地洒在每一根草上，嫩小的草被压弯了身子，微微低着头，像一个个含珠带露的姑娘，娇嫩可人。

金黄色的雏菊错落有致地散在青草丛中，好似在一幅巨大的绿毯上镶嵌的黄宝石，晨光下分外夺目。晓风拂过，捎过来腥腥的青草香，那是草原才有的独特味道。

奶牛慢悠悠地散步其中，步子轻缓如电视节目被按了慢放键。一副无所谓时间游走，心平气和的模样，与世无争地低头享用着嫩草。

随着日头向西滑动，它们也亦步亦趋地荡上了山坡。绵羊群看上去没那么稳重，一群一伙地追逐着嬉戏，时而咩咩地笑着闹着，在青草丛中穿梭，像一团团流动的棉花云，一副软绵绵的快活样子。

在沉稳的奶牛面前，它们更像一群肆无忌惮的顽童，声音里荡漾着孩童般的自由，着实让长大了的我心生羡慕。

想必它们才是身心合一的精灵。不在乎他人的目光，不在意时间流动，空间转换，没有任何物欲催促它们需要奔跑着追赶，身体永远跟得上心灵缓慢自在的步伐。它们踩着自然的节奏，只有最自然的需求，一望无际的青草足以让它们感到生活富裕，心灵满足。

我不禁也想做它们当中的一员，分享一些它们的自由和满足。

天空水洗过一般的澄澈，蓝得像透明的海水。让人忍不住向它敞开心扉，诉说久违的心事。飘荡的云，有意无意地放慢着步子，这里的云没有心事，只是惬意而自由地飘浮在碧草连天之间，带给人无限的遐思。不禁会想，如果可以攀到上面睡一觉，该有多好，一定柔软得像一团棉花被。

只是想像着，手脚瞬间解下了枷锁一般，轻飘飘，软酥酥地放松自在。"悠然自得忽自笑，今日何日此山中"，尽情享受此刻精神的欢愉，才对得起这份洒脱的惬意。

牧民们握着从不需要使用的长鞭，三三两两地闲坐着聊天。在皓齿明眸却黝黑的面庞上绽放出白莲花一样的笑容，眼睛里盛着星光，那笑容洁净如白月光。

虽然眼角额头有岁月的痕迹，但明媚的笑容里见不到一丝沧桑。在他们的脸上仿佛看到了童年时代纯真的自己。

时光忘记了这里的牧民吗？他们何以做到避开尘世的烟火，何以任灵魂放逐在广袤自由的国土，生得出如此潇洒坦荡的笑容呢？

有的年轻牧民一个人躺在草地上，身体舒展得和日光普照大地一般自然，仰望着天空，眼波流动，好像在与自然交换着心事。想必思绪早已飞到九霄云外，朵朵白云上都刻着心爱姑娘的模样，看他那旁若无人，忍俊不禁地痴笑便知是被我猜中了。

谁让这是一片闻着风都可以做梦的自由土地呢？

当夕阳沉下远在天边的草原尽处，万籁俱寂，霞光氤氲着这片世外乐土。连走路都不禁轻悄悄的，生怕打扰这里的精灵。如果此时你舒展紧绷的神经，肯放下内心的戒备，随便走进某一家牧民的蒙古包，迎接你的必定是纯净如莲的笑容，和一碗热气滚滚的奶茶。

当你从他们粗糙褶皱的双手上接过盛满祝福和快乐的奶茶，他们会

220

说无须感谢，这都是大自然的馈赠。内心不禁会更加敬重他们对大自然的虔诚，他们从不忘记自然之子的身份，他们才是最懂得幸福真谛的人。

月照当空的时候，四野寂寂，只有轻风拂过青草的沙沙声。偶尔几声犬吠从远处随风而来，让草原显得更加寂静。

躺在草原上看星空是少女时期的梦。平日忙碌于浮华尘世的追逐奔走，鲜有静下来的时间。城市里雾霭重重，长大以后再没见过眨着眼睛会说话的星星。

这里完全不一样。"久在樊笼里，复得返自然"，心灵到了这里忍不住停下脚步欣赏风景，风是轻的，云是软的，空气是甜的，时光是慢的！

牛羊和牧民都是深谙幸福之道修行的瑜伽士。在这放慢的时空里，我那始终追在后面的身体才得以赶得上心灵的归路。

此刻的星星格外闪亮，纯净得一如这里的牧民和万物生灵。月光如水，涤净尘劳。躺在柔软如絮、清香弥漫的草地上，放逐着心灵去远行。

一颗星调皮地眨着眼睛，仿佛在对我微笑，那该是属于我的那一颗吧。否则它怎会如此知悉我此刻的思绪？如此懂得我往日的迷惘？又怎会给我未来如此明晰的指引？

指引着我走上追求心灵自由的回归之路！

被烟火遗忘的双廊

如果说历史悠久的山河风物，是一袭古典隽永的旗袍，那么双廊该是领口那枚最精美别致的盘花扣；如果说大理是一个从唐诗宋词里娉婷而来的美人，那么双廊便是美人发髻上那枚琉璃锦绣的玉钗。

一条悠长的青石板路，探入古镇，将我从喧嚣的红尘牵引到不染尘埃的"莲池"。经年的光阴，将石板擦拭地泛着青光，满是被岁月抚摸的色泽，仿佛是一卷卷从千年前翻找出的词牌，每一块都有它不为人知的故事。

古镇门口一艘老旧的木船，一副安然淡泊的模样伫立在风中。船身已残破不堪，被岁月的浪潮冲刷出一道道幽深的沟壑，填满了光阴的故事。

真像一位饱经沧桑的老者，向每一个走近他的人讲述着渔村悠久的历史，娓娓道来一段段青梅旧事。更像一位参禅悟道的修行之人，静定地迎风而立，多少年来，他看尽了风云变幻，人事消长，早已不染俗尘，心中自有碧海长天，风轻云淡。

蜿蜒的石板路，附着积年的青苔。两旁古旧的木楼，随着曲折的道路波浪起伏。斑斓的贝壳混着泥土，在阳光下熠熠生辉，像刻骨铭心的过往，被定格在时光的墙上。

一扇用竹竿撑起的轩窗，将屋子里的香气拂入街巷。该是一位粉妆玉琢的渔妇，正轻摇着手中的蒲扇，为远航的丈夫烹火煮茗。烟雾袅袅而上，透过半掩的轩窗，飘向无尽的远方……

那是一位无言的信使，捎去相思的讯息。是这位冰清玉洁的思妇，将自己对远行丈夫的思念，将含珠带露的泪水，和着窗外的一树梨花，慢慢熬煮成茶。

她垂目俯首，轻轻缓缓地搅动火炉上翻腾的水花，一圈圈光阴摩挲的脆响，是她倾诉着翻涌的思绪，谱写成一篇篇长长的信笺。用滴落的泪花织成锦带，打包好满怀思念，托付给袅袅而上的炊烟……

一行敲锣打鼓的队伍从巷尾缓缓走来，喜悦的声音响彻街头。手捧烟袋的阿婆迈着轻巧的步子在前边引路，两旁的花童欢欣雀跃地扬撒着玫瑰花瓣，将整条巷弄泅染成爱情的颜色。

戴着凤冠霞帔的新娘，出水芙蓉一般，曼妙婀娜，"犹抱琵琶半遮面，最是那一低头的温柔，似一朵水莲花不胜凉风的娇羞"。

她玉臂轻挽着潇洒俊逸的新郎，两人眉目传情，款款而行。他们身后穿着白族传统服装的队伍，庄严隆重，将一双璧影拉得悠长……

玉几岛上吹来清凉的风，让我从幸福的遐思中清醒。岛上的月亮宫优雅地伫立在湖岸，仿佛是一位端庄的大家闺秀，安然地享受着柔风拂面。

屋檐优美的弧线，为她更添几许妩媚。斑驳的墙壁如一幅中世纪的壁画，有一种隽永的沧桑，亦像她深藏闺阁的旧旗袍，一针一线缝着过往的光阴。

阳光下缠蜷剥落的苔藓，像是她轻启朱唇对海风无尽的呼唤，片片刻着心头刻骨地思念。她看尽了东海扬沙，潮起潮落，已修得一颗脱俗淡泊的玲珑心，任海风呼啸，沧海桑田，她自剪烛烹茶，醉卧云端，看岁月静好，流水端然。

洱海是她忠实的信徒，日夜不休为她送去温柔的抚慰。净澈的海水随着堤岸向远方蜿蜒，一朵朵海浪此起彼伏轻揉着海岸，每一个溅起的浪花都是与她无尽的缠绵。

碧海长天之上，氤氲着一层薄雾，远山曼妙地荡漾在对岸。不谙世事的海鸥，衔水嬉戏，追逐打闹，叽叽啾啾地鸣叫，划破宁静的海面。

海岸线上，沿街而立着一排身着花衣的酒馆，五颜六色的花瓣爬满房檐，装点着莺歌燕舞的人间。热血的青年将青春放逐在洱海边，面对着眼前烟波浩渺的海水，远处苍山的雪顶，含情脉脉地拨动着怀里的琴弦。

一声声秋波暗送的弦音，逐波踏浪跃过水面，乘着暖风，直达彼岸披着白纱的山巅。

从新年到岁尾，从日出到日暮，他们是苍山洱海的信徒，用自己的青春拨动着地久天长的琴弦，倾听着苍山洱海的浪漫，守护着本不属于他们的永远。

当太阳沉入苍山的怀抱，余晖依依不舍地探出云层，顿时"一道残阳铺水中，半江瑟瑟半江红"。

一缕缕散漫的光线，温暖了整个黄昏，轻柔地抚摸着缥缈的海水，为洱海填上最温柔的注脚。

一个人坐在海边青苔满布的石阶，抚摸着经年的苔藓，望着温柔的海面，心不禁潮湿而柔软。撩拨一捧沁凉的海水，洒出一条珍珠项链般的弧线，思绪随着水珠落下荡起的涟漪，向无限的远方一圈圈蜿蜒。

那些牵肠挂肚的青梅往事，随着消失的涟漪烟消云散。

此刻，心湖已宁静无波，一如黄昏中的海面。只听闻岸边的痴女弹着柔缓的古琴，琴音如行云流水般淙淙流淌，浅吟低唱着"空山梵呗静，水月影俱沉。悠然一境人外，都不许尘侵……"

仙风道骨张家界

第一次走进张家界，脑海中反复出现紫霞仙子对至尊宝说的一句话："我的意中人是个盖世英雄，有一天他会踏着七彩祥云来娶我。"

这是个让人感觉飘忽神秘的地方，难怪我有如此的遐想。延绵的白雾，氤氲在望不到顶的山间，让一切都不真实，恍若自己误入了修仙的道场，看不清前路，也不知归途！仿佛至尊宝会忽地从山中云里飞落到他的紫霞仙子身旁！

远远望去，如坠仙境。"素手把芙蓉，虚步蹑太清。霓裳曳广带，飘拂升天行"，恍若衣袂飘飘的仙女，头戴斗笠，轻纱掩面，玉容低垂，素手轻握皎洁芙蓉，步履轻如云烟，袅袅而行太空之中。身着霓裳，银带飘逸，踏着彩云飘然升空。

幽深的峡谷，铺满晨露。露水打湿木栈道，调皮的猴子等待在两侧扶手上，待到行人从它们身旁走过，便会一脸呆萌，淘气地抢走行人手中的食物。

清泉溪涧幽缓地流淌在峡谷之中，空灵悠扬的脆响如银铃一般，与绿岸缠绵不息。

峡谷两侧弥望的是满山青翠，耸入云天的古树，郁郁葱葱，陈列于山野河岸。排好队列一般，迎接着远方的来客。烟雾朦胧其中，为树木罩上一层薄纱，使笔直的树木像一个个静定参禅的僧侣。空气里满是松木的幽香，湿润润地迎着脸颊，像海豚频频送来凉凉的亲吻。

326米的百龙天梯，只需两分钟便载着游人从地面直升山巅。风景如流云飘过，就像稍纵即逝的青春，还未来得及细细品味，已经人到中年。霎时，天似穹庐，笼盖四野，踏着云雾远望至天际，此起彼伏的山巅飘浮在云里，薄雾游荡其中，山尖如一波波绿浪，奔腾不息。

俯瞰而去，众山在云海之中星罗棋布，只露出碧翠高耸的头颅，恍若从天而降身披翡翠战袍的千军万马，奔腾在云雾之上。绝不似江南小家碧玉的淑女，不似塞北迭起的孤烟，他们像一群修仙行道的侠客，身披青蓑，脚踏云锦，挥舞银剑，于烟雾袅袅中，烹炉煮酒论英雄！

流云穿梭其中，像一道道不染血迹的剑痕，篆刻着历史的风起云涌，记载着一缕缕英雄故事！世事变迁亦如流云，多少曾经的沧海，已沦为今时的桑田。曾经的英雄也早已化作缕缕轻烟随云雾缭绕于千里山峦，碧海长天！

远在新石器时代，境内澧水两岸已有人类活动。当时他们该是过着怎样逍遥的神仙日子，成日来往于云雾之中，以浆果做玉食，裁树叶缝锦衣，日出而作，日落而息，与天空同醒，与大地共眠。

在这一片翡翠琉璃的乐土，他们不曾追逐虚无缥缈的未来，不会沉溺流沙一般握不住的曾经，只为当下的一瓢一饭而乐活，过着如今的我们永不可企及的恬淡生活！

石英砂岩峰林地貌的土地上，一个个"修仙的隐士"拔地而起，陡峭的悬崖是他们坚挺的骨骼，缥缈的云烟是他们隔绝尘寰的衣衫，一棵棵擎天玉柱般直耸云天。

他们无畏世事变迁，不惧逝水流年，与浮云参禅悟道，感叹着光阴变幻的虚无，与霞光共修菩提，宣讲着他们不生不灭的永恒。

世间万物，何为永恒？树木在变，流水在变，从前的英雄也早已化作一缕轻烟，我们又何必苦苦执着于永恒不变？

何不学眼前巍巍不动的座座青山，历四季生生不息，却甘愿随枯随荣！淡看绿波迭起，笑对满地荆棘。

视世间万物若浮云万里，不道别离，不问归期！

神秘的"女儿国"

客车从蜿蜒的盘山公路缓缓而下，仿佛是一双温柔的手，轻轻掀开泸沽湖遮掩的面纱，她好似一位不胜娇羞的新娘，徐徐展露玉颜。

在这片神奇的山坳里，竟然隐藏着明月一般的湖泊。宁静如处子，晶莹如琉璃！这就是传说中的"女儿国"。

摩梭人依山偎水而居，原木色古旧的木楼里，记载着光阴的故事，他们何其幸运，世代生活在世外桃源一般的圣境！

漫步湖边，灰色的云层层叠叠，遮住耀眼的光，使透明的湖水更添几分静谧。水平如镜的湖面，将天空烟灰色的情绪统统拥在怀里，轻风拂过一丝涟漪，好似湖水对天空低眉温柔地蜜语。

水纹一圈圈荡漾开来，又好似艺术家的神来之笔，顿时在湖面洇出一幅摄人心魄的水墨画。

天光云影共徘徊，分不清云在水里，还是人在云里！

乘坐着猪槽船荡漾其中，映在水里的朵朵流云如莲花一般在湖面开开合合，此时恍若自己已羽化成仙，游走在太虚幻境。

湖水透明，净如水晶，似乎被尘寰遗忘，纤尘不染！如一个圣洁如莲的少女。密匝匝的水性杨花肆意地铺满湖面，想必是白莲少女亲手栽种。悠长碧翠的根茎好似她的秀发在水中荡漾，纯净素白的花瓣，拥抱着嫩黄色的花蕊，净澈的湖水点洒其中，晶晶莹莹，含珠带露，娇嫩欲滴。

船从花中过，划开一条暗香盈袖的花路，低首采撷一朵别在耳畔，望着如镜的湖水，顾盼生辉。手指浸在湖中，随船而动，撩拨起一串串欢快的水花，一股清凉盈润心头。

不远处的格姆女神山，映在湖中，随着轻起的涟漪柔波荡漾，好似端庄的大家闺秀，正半倚轩窗，浅笑盈盈顾盼梳妆。她挚爱的后龙神山正与她隔水相望，天上流云的奔涌，那是他传递过来相思的讯息，切切地盼望着夜阑人静，奔跑过"走婚桥"，攀上格姆的花楼，鸳鸯双飞，烛影摇红。

在这里，每个将暮未暮的傍晚，夕阳如一幅老旧的油画，有被历史抚摸的色泽，笼罩着一剪月色银辉，铺满"走婚桥"。

届时木桥上奔跑的男孩，目不斜视朝着各自倾慕的花楼而去，带着玉盘珍馐，投入摩挲院落，安抚家犬的味蕾，以免它不合时宜地大叫，搅了他的花好月圆。

他攀着探出墙外的花枝，轻身跃过墙头，拾一枚石子探过半掩的轩窗，阁楼上的少女羞红了脸，轻轻解开木门上的铜锁，熄灭萤萤烛火，赴一场盟定的幽会……

旅人在这里也不会寂寞。

摩梭族的院落里，早已经燃起熊熊篝火，迎接着远方的来客。火苗在空中肆意舞动，热烈而浓郁，好似这里纯朴热情的人们，不禁让人卸下疲惫的面具，涌入欢腾的人潮。

摩挲男女正随着欢快的节奏翩翩起舞，时而万马奔腾地热烈，时而暗香轻涌的妩媚，黝黑的面容上荡着明媚的笑容，宛若一朵朵洁白的莲花，盛开在幽静的湖面。映在清澈的月色里，映在燃烧的火光里，我情不自禁地融入其中，迫不及待沾染几分快意。

蹿向苍穹的火舌，将所有人的情绪吞噬，放下所有的疲惫，紧张和无奈，烘干陈年旧事，此刻只有尽情地载歌载舞，才不负这燃烧的篝火和热情的人们！

当月亮爬上当空，鳞次栉比的摩挲木楼笼罩在一片静谧的月色里，欢腾的人们早已洗尽俗世的尘埃，各自回到宁静的一隅，整个村子一片安宁祥和。

卧室的轩窗正对着泸沽湖，清凉如水的月色铺满波光涟漪的湖面，纯净的水性杨花轻轻摇曳在湖水中，享受着此刻的惬意。

　　忽如一境人外，都不许尘侵，我的心恍若寻到了憩息之处，舟车劳顿之后此刻已安然无波，望着远山依偎着月色映在湖中，思绪随着山间飘扬的彩色经幡远去，远去……

龙胜梯田：理想的隐居地

去龙胜梯田，是七月一个细雨纷飞的清晨。

客车沿着山路蜿蜒而上，经常遇到 90 度的拐角，把邻座的人涌向我身边。

窗外道路两侧是郁郁葱葱的原始森林，最多的是竹子。雨里的竹林愈加葱茏，翡翠色笼罩在丝丝缕缕的雨雾里，像从古装剧里走出来的侠女，青色裙裾，衣带飘飘，素静雅致，不染纤尘。

竹叶上的雨珠晶莹剔透，像仙女们遗落的水晶耳环。纯净新鲜的空气携着竹林的清香和幽静潜窗而入，使车里的人们精神抖擞。

到达梯田脚下，推开车门的一刹那，我忍不住惊叹一声："哇！"突然感觉自己变得很小很小，仿佛误入了巨人国。

急步走向围栏边，四周围着巨幅水墨画一般，高山耸入云端，层峦叠翠，一片葱茏，细雨携着云雾，氤氲在山间。

让我不禁想到"松下问童子，言师采药去。只在此山中，云深不知处"，仿佛看见在山间的老松下，一个烹火煮茗的童子，轻摇着手中的蒲扇，远方来访的客人询问他师父的去处，他手指深山，告诉客人，师父就在山中，只是云深雾重，不知何处。

两座大山之间，清泉涓涓而下，韵律空灵，冲刷着光滑的卵石，像一曲隐匿深山，修仙得道的梵音，空谷幽兰一般，悠远缠绵。让心不由得岑寂下来，一瞬间仿佛凡尘过往都被清雨洗涤一新，沧海桑田都随泉水远去。

舍不得移动。明知才刚刚走到门口，上边的景致会更加迷人，但心已经被它深深吸引，仿佛走进了一幅水墨画，融入眼前一片清幽之中，沉醉不知归路。

开始上山的路段不算陡峭，有一条通往山中村子的石板路，两边有少量叫卖民族特色用品的小贩，大多是当地的农户，穿着少数民族独具风情的服饰，时而唱起悠扬的壮族山歌，时而情到深处跳一段民族舞蹈。

路上可见稀疏的壮民或散步或背着竹篓和镰刀去田间劳作。围着头巾的男人，戴着银饰的女人，还有跑起来身上环佩叮当的孩童。

银铃般的笑声清脆悦耳，回荡在寨子里，笑声不分地域，感染着当地质朴的农民，也感染着远道而来的我，恍然误入了世外桃源。在他们黝黑的脸上，有云朵一般纯净的笑容，如同这里雨后的竹林，干净得不染凡尘。

山上的雨朦朦胧胧的，为寨子笼罩着一层薄纱。古典的红木楼，点缀在翠绿的梯田之中，缥缈的云雾，氤氲在楼顶山间。

竹筒将山上的清泉引入村寨的每个路口，这个世外桃源里时刻回荡着空灵悠远的清涧旋律。

我真羡慕生活在这里的人们，不是神仙，胜似神仙！

往山顶的路越来越窄，恍然间已经走在了稻田之间的地垄上，只容一人通过。前后稀疏的游客散步其中，因为雨天，游客极少，这让生性喜静的我颇感庆幸。

稻田里有一位冒雨劳作的阿婆，粉红色的头巾上顶着偌大的草帽，像一根竹竿撑起的灯笼，显得她更加瘦小。她深弯着腰，该是在护理禾苗，步履轻慢亦步亦趋地前进，踩着同样的拍子。

禾苗跟随着她前行的脚步，向身后的远方绵延。四野寂寂，只有细雨洒在水田里窸窸窣窣的轻响，软绵绵的。

广袤的绿田里，只阿婆一人，穿梭在高山水田云雾之中，仿佛醉心于创作的艺术家，忘记家里炊烟的呼唤，又仿佛是一位守望者，尽管下雨，也要悉心守护老祖宗用勤奋和智慧耕耘的土地，她的每一步每一寸都写着深情。

蓄满水的稻田，像一面大镜子，银光点点，晶莹如玉，在雨中更显温婉。翠绿的禾苗整齐地排列其中，随着梯田的形状而蜿蜒，禾苗倒映在水里，像一个个温柔的少女娇羞地照着镜子。

微风细雨斜过，扑鼻而来的是一种新鲜生命独具的腥香，忍不住蹲下来用手轻抚娇小的禾苗，嫩滑如初生的婴儿。绿油油的禾苗随着微风翻卷出层层绿波，恍若从天而泻，又像一艘艘小帆船荡漾水中。

山坡陡峭的地方有人工堆砌的石阶，在雨里光滑如镜。路旁有当地的轿夫，两人抬着一个用木棒搭的简易轿子，在招揽生意。

有的游客已经坐在了轿子上，轿子忽高忽低起起伏伏地向山顶爬去。

不知不觉走到景区最佳观景点"七星伴月"，此时已人在高处。回首下望，云雾绕在身旁，雨帘之后满是大大小小碧翠的梯田。大的如天宫宝塔一般，坐落在云雾中，小的如玉盘，点撒在雨雾里。

七星伴月，是一块满月圆盘似的梯田，遥挂在远处，光影婆娑，云雾缭绕，仿佛挂在天边。周围有七块圆形的小梯田，如晶莹的星星簇拥在月边。

云雾里一层层绿阶如从天而降的天梯，从上到下，一层阔似一层，又像一圈圈涟漪，从山头荡漾到望不到尽头的山脚。层层叠叠，高低错落，蜿蜒的线条，如行云流水，气势恢弘，磅礴壮观！

从白云缭绕的山巅，到流水湍急的河谷，从草木葱茏的林边到石壁陡崖前，凡有泥土的地方，都开辟了梯田。据说大小各异的梯田共有15862块，在山坡上星罗棋布。最大的梯田只有0.62亩，最小的梯田只能插3株禾苗，有"青蛙一跳三块田"之说。

不禁感叹，这里的农民才是大自然最杰出的雕刻家啊！

真想隐居在这里。

以翡翠禾苗为床，以一朵锦云为被，扯一匹缥缈轻雾缝衣衫，渴了掬一捧甘泉为露，累了请软风轻抚去疲惫，倦了听细雨洒落田间奏起的弦音……

想到此，内心莞尔。不禁想起王维的一首小诗："行到水穷处，坐看云起时。偶然值林叟，谈笑无还期。"

如此一生，闲淡山野，该有多好！

夜爬泰山

烈日炎炎的午后，从泰安市泰山脚下出发，开始征服泰山之旅，为了在次日清晨之前登临玉皇顶，到达观日峰观赏日出奇观。

从中天门上山，全程步行。据说这条路是古时皇帝登山的御道。沿着古人遗风，我们拾阶而上，两侧是耸入云天的古树，放眼望去郁郁葱葱的林木密密匝匝地布满山坡，树荫洒在石阶上，使爬山的步行道上格外清凉！

石阶两侧有许多古人遗迹，书法石刻。豪迈的字迹，一如这里的松柏！山头崖缝里的苍松傲然不屈地挺拔，未经人工修剪，却有浑然天成的英雄风采。

想必在这条帝王将相来往的古路上耳濡目染太多英雄豪杰的故事。它们以云为笠，以雾为蓑，悠然自处，遁迹清风，一副卓然离俗的淡泊，遥挂在断壁残垣之间，独自仰望白云来去，空山夜静。

想来自然之物更具智慧。

世人身处尘寰，为名利羁绊，被碌碌红尘浸染，心早已积满尘埃，随世流俗。有多少人深陷物欲的泥沼无力挣扎，奄奄一息，钦羡泰山上这崖岸的苍松？

走到中山门已将暮未暮。夕阳褪去白日里灼灼的炙热，换上温婉的纱裙。余晖笼罩着远处的十八盘段，蜿蜒陡峭如悬在云顶的天梯，从天泻下，如梦亦幻，仿佛近在咫尺，又恍若遥不可及。

此时心中既充满期待，又不禁生出畏惧。

左边有可以直达南天门的缆车，右边是最初选择的步行道。心中的畏惧和身体的乏累，让我不禁犹豫，是该放弃最初的选择，还是乘坐更方便省力的缆车？

选择坚持，那么十八盘是必经之路，十八盘之陡峭，世人皆知。最窄的石阶只有几厘米宽，半个脚掌悬在石阶外面。70—80度的陡坡，身体几乎需要匍匐在上，手脚并用。全程没有路灯，只有手机微弱的亮光。1680个台阶，步步惊心，一个不小心，在黑夜里就会滚落深山。

选择容易的路——缆车，用十分之一的时间就能直达山顶，但会错过泰山最好的风景也是最艰难的路段——十八盘。

该怎样选择？我看到内心一半海水，一半火焰的挣扎，看到渴望挑战，又胆怯畏惧的自己。

往往在独自面对大自然的时候，会看见真实的自己。在自然面前，我们不经意会袒露真心。

因为它足够伟岸，足够包容，它永远不会嘲笑我们的胆怯，我们的懦弱。

那些不肯为人道的心事，它教会我们云淡风轻。尘世中，面对选择，面对挑战，我们常因为他人的期待忘记自己，苦苦支撑着，不敢问自己一句累吗，我们使出全力把最好看的笑容给别人，独自一人时才肯蹲下来拥抱自己。

人生何曾不是如此，容易的路，往往是寻常的风景。

就在那一个刹那，我终于明白，我们惧怕的不是高山，不是世事，而是他人的目光，和不敢突破的自己。我们习惯避重就轻，走好走的路，但面对眼前的选择我知道，最美的风景，隐藏在最难征服的路上，需要付出等同的毅力才配看到。

我终于决定，给自己一个机会，不顾及有可能的失败，和他人嘲笑的目光。

挑战自己，去探望人生另一种可能。

从中山门走到十八盘脚下时，四野漆黑一片。登山者们像一群萤火虫在黑暗中闪动着，石阶上婆娑着点点光亮。不知道他们是否有过挣扎，抑或是决定之后，就无畏前行！

此刻，山上的所有风景都被夜空占有，与我无关。

只有我们脚下陡立的石阶，牵动着我的呼吸。不敢回头，害怕重力的稍微倾斜，便将自己坠入山谷，成了野猪的美餐。

最窄的那段，双手扶着上边的台阶，脚尖撑地，亦步亦趋小心翼翼，屏住呼吸地往上攀爬。

没有导航，不知道还需要攀登多久能抵达南天门，也不知道自己能撑多久，只知道当下别无选择。

后退是万丈深渊的末路，前途是一叶扁舟漂荡浩海的渺茫，没有选择的余地，只能咬牙前行！

深秋夜寒，高山上的冷风，扫在脸上，仿佛自己在古人的刻刀下，被镶嵌在石头上，成了一行行冷峻的字。夜风荡过丛林，树叶哗啦作响，不知是哪些野兽在饥肠辘辘地寻找着食物！

同行的人中，开始怨声迭起，后悔走上这条好像永远爬不到尽头的路，后悔最初的选择。

为什么不老老实实选择轻松的路呢？为什么要如此折腾自己呢？

可是很多时候，如果不将自己抛在绝境一次，便不会知道自己到底能走多远。

同样的路，如果尽可能地去感受美好的一面，会倍觉时间飞逝，如果一味地纠结它的煎熬，一分钟好像一个世纪。

我开始试着转念享受当下的攀登。

鞋子敲击石阶的节奏，像一首英雄凯旋的赞歌，听我紧张急促的呼吸，像阿里巴巴即将打开宝藏之门时内心的悸动。

身边人的怨声，像逆风，让我的前进更显真实。

当心渐渐安于当下，便不顾前边的终点在哪。不能掌控的未来，不如不去多想，不管脚下的路多么艰难，只要每一步都在向前，总会到达终点。

渐渐地，呼吸慢慢平稳，焦躁的心缓缓岑寂，身体好似卸下了千斤重负，轻快起来！

偶尔停下来看看前方行人的光亮，遥望头顶一轮皓月，秋日月光如水，星空近在咫尺。林深寂寂，仿佛听得清松针落地，看得见寒月敲窗，原来我离绝世美景只有一个扬起头的距离！

原来最艰难的不是登山的险路，而是走向自己的心路！

不知不觉，从开始攀登十八盘险段，三个小时过去了，距离全程开始，过去九个小时。抬头已是山顶，南天门巍峨地矗立在寒风中，像一个温暖的臂弯，等待着远征的归人，拥入它的怀抱。

回头望来时的路，周遭一片漆黑，只有一条巨龙般的山路，依稀的亮光如萤火虫一般由下而上，缓缓移动。

不敢相信自己竟然真的从这条路上，一鼓作气攀登到山顶。

向上攀登时的挣扎有多强劲，征服成功之后的喜悦就有多热烈！

过了玉皇顶，走到观日石，席地而坐，等待日出！

几个小时之后，天边渐渐晕染出鱼肚白，宛若一条青色锦带系在蜿蜒远去的天际。慢慢地，青色向外渐渐扩散，染出一圈橘色，一点点由橘色变红，再变成粉色、橙色的霞，一圈圈散落在天际。

此刻的天空像一幅中世纪的壁画，有被岁月抚摸的色泽！我不敢说话，甚至不敢眨眼，屏住呼吸等待着……终于，涨红脸的太阳像以露为酒贪杯的"李白"，微醺地露出头来！又像待嫁的新娘，掀卷着红盖头害羞得遮遮掩掩！

"日出雾露馀，青松如膏沐"，眼前的大地、山峦在橘红色的日光里露出辽阔巍峨的真面目，不禁惊叹"泰山凌绝顶，一览众山小"！

如若不是在黑夜中攀登得如此艰难，此刻或许不会如此惊叹与满足，仿佛自己是凯旋而归的将军，饱尝着驰骋沙场征服领地的喜悦！

人生亦是如此，只有在体会过向上攀登的艰辛之后，才能体会"人生如逆旅，我亦是行人"超然物外的洒脱情怀！

那一刻，才会懂得，人生中最曼妙的风景，在征服的路上，在旷达不羁的心里！

将光阴走到柔软

"我能想到最浪漫的事，就是和你一起慢慢变老，一路上收藏点点滴滴的欢笑，留到以后坐着摇椅慢慢聊……"

无意中听到这首老歌，内心一下子柔软起来，脑海中出现一个温暖而真实的画面：在一个阳光明媚的冬日午后，和心爱的人，坐在大玻璃窗前的摇椅上，看着窗外远山的皑皑白雪，一副泰然自若的模样，心里便多了一份安然，阳光倾泻在院子里，洒了一地碎银。

看累了，我轻轻地闭上眼睛，听着你口中缓缓地流出一串串音符，像溪水抚过柔软的苔藓，轻轻抚摸着我端然的灵魂。

冬日午后的阳光格外温暖，盈抱在我们身上，两头白发像盛满了星光，熠熠生辉，屋子里有新剥开橘子的香味。

你眉心舒展地闭着眼睛，仿佛在热烈的阳光里怀想着青春的气息，嘴角微微上扬着。满是皱纹的手，随着节拍轻轻地敲打着竹椅的扶手，我只是安静的听着，心里开出一朵花来，时光就这样停了下来，渐入梦境……

只是这样想着，岁月已然披上了柔美的轻纱，素淡的日子里散发出一捧花香。

是的，我想这样陪你一直到老。

我常想和你，去陶潜的诗里散步，坐在他的篱笆院里，四周满是菊花的香，我千年前晾晒的茶，只为等你来。双手翻找着上好的茶叶，哗啦作响，惊醒了一捧旧时光，像唤起我们三生三世的记忆。

于是抬头，看向你，四目相对，眼波流转处荡起柔柔的涟漪。

你拾来山里的柴薪，点燃炉火，锈蚀成老绿色的茶壶，仿佛斑驳了我们千年前用过的痕迹。我轻摇手中的蒲扇，炉烟袅袅，茶香四溢，茶汤倾倒在你手中的杯里，热烈地翻滚，多像我们的青春。

我想和你走进一朵七月的荷花里，硕大的荷叶是我们的船，徐徐荷风是我们手中的桨，我们荡漾在藕花深处，惊起一行行鸥鹭。

它们扑扇起翅膀，划开满池涟漪，泛起一圈圈的香。一池娉婷如少女的荷花开得正艳，有风拂过，她们轻轻摇曳着曼妙的身姿，恍若千年前诗人笔下的采莲女因贪恋荷花的美幻化而成。"荷叶罗裙一色裁，芙蓉向脸两边开"，仿佛听得到采莲女们于藕花深处嬉戏的欢笑声。

我们轻拨开一朵娇艳的荷花，走进它的花苞里，阳光透过晶莹如玉的花瓣，仿佛将满池的荷香缝成一袭被子盖在我们身上，风轻轻摇动着花瓣，我们好似荡漾在摇篮里，沉醉不知归路。

我想和你走在流水拂动的琴弦上，泉声叮咚，水流淙淙，我们幻化成两个灵动的音符，以翩翩起舞的姿态，谱写一首首动人心弦的曲子。时而瀑声轰隆，是我们节日里庄严的庆祝；时而溪水涓涓，是我们你侬我侬缠缠绵绵的素日。

我们倚靠在溪边的青苔上，看哗啦的水与沉稳的岸抱个满怀，身旁清风拂花影，白云抱溪石，就这样，两个人把流水似的光阴坐到柔软，流水不老，我们爱的弦不断。

我还想和你一起，走在秋天的云朵上。新摘的棉花一般，铺在湛蓝如洗的天空，我裁剪几匹云为你缝贴身的袄，将我满怀柔情一并缝进去，穿在你身上，贴紧你胸膛。再用云做一床暖和的被，盖在身上，拂去你游走尘世惹来的满身疲惫。

我们手牵着手漫步云端，看到秋风将一颗颗苹果吹成少女娇羞的脸；看到牧羊人仰躺在金黄的草原上，悠闲地卷弄着手中的鞭；看到在农民们丰收的晾晒场上顽皮的孩童荡着秋千；看到夕阳的余晖笼盖四野，将我们携进一幅清风修篱笆，炊烟谱琴弦的静美画卷。

但我最想走在你的心上，在那里，走到柔软的心里去。

我要在你的心上撒下一包花籽，种出满园的春天。我们在那里喂马，劈材，吞噬人间烟火，我为你烹水煮茗，你为我吟诗抚琴，我们共看朝霞暮霭，静守流水端然。

　　在你的心上我要像一藤夏天的野蔷薇开到荼蘼，落得惊艳，不顾逝水流年，自在地舒卷我内心的云烟⋯⋯

　　只想这样，和你一起，将来世望穿，将流水坐断，将光阴走到柔软。